가벼운 책임

김신회 에세이

오티움

오늘부터 나를 책임질 것이다

지난해 심리 상담을 종결했다. 종종 가슴이 답답해 숨 쉬는 게 힘들고, 하소연하고 싶은데 말할 상대가 없어 매달리듯 찾아간 곳이 집 근처 심리 상담소였다. 상담사 선생님은 두 가지 심리 검사를 권하셨고, 나를 지배하는 두 가지 주요 감정은 억압과 우울이라고 알려주셨다. 이후 일주일에 한 번, 이 년 동안 상담을 받았다.

좁은 상담실에 앉아 그동안 누구에게도 말할 수 없던 것들을 이야기했다. 죽이고 싶도록 미운 사람, 힘든 인간관계들, 일을 둘러싼 고민과 성생활 문제까지. 일기장에 쓰기조차 망설여지는 말들을 쏟아냈다.

이상한 말을 하면 선생님이 나를 돌아이로 볼까 봐 처음에는 할 만한 이야기만 골라 했지만, 점점 될 대로 되라는 심정이 됐다. 나중에는 선생님 말씀에 쌍심지를 켜고 화도 냈다. 무슨 말을 하든 선생님은 그저 들으셨다. 섣불리 평가하거나 충고하지 않으셨다. 내가 놓치고 있는 감정을 포착해 단어로 이름 붙여주시거나 새로운 질문을 던지셨다. 때로는 시도해볼 만한 일을 제안하시기도 했다.

그 시간을 보내며 진심을 이야기하는 법을 배웠다. 내 감정을 마주하고, 받아들이는 일을 연습했다. 나의 단점과 두려움, 연약함을 대면했고 좋은 점과 강점도 발견했다. 이 모든 건 선생님이 말씀해주시거나 가르쳐주신 게 아니다. 상담실 의자에 앉아 밑도 끝도 없이 털어놓는 사이에 스스로 발견한 것들이다.

심리 상담을 받는 동안 태어나서 처음으로 부모님께 큰소리치며 대들었고, 친구들과의 인연을 정리했고, 애인과 헤어졌고, 개를 입양했다. 나에게 있는 줄도 몰랐던 에너지를 온통 쥐어짜 그동안 할 줄 몰랐던 일을 저지르고 수습했다. 마음이 혼란스러웠지만, 일주일에 한 번 상담실에서 그간의 일을 털어놓으며 한 주간 쓸 기운을 얻었다.

이제껏 누군가로부터 얻으려 했던 에너지를 내 안에서 만들어내는 연습도 했다. 기꺼이 지속할 만한 루틴을 만들었고 반복되는 일과에서 즐거움을 발견하는 동안 마음은 점점 개운해졌다. 서서히 상담을 종결하고 혼자 감당해보면 어떨까. 처음에는 선생님과 헤어진다는 생각만으로도 눈물이 줄줄 흘렀지만 몇 개월에 걸쳐 상상하고 나와 대화하며 가장 맞는 결정은 무엇일지 고민했다.

"신회 씨가 내키는 대로 하는 게 맞지요."

몇 주 뒤 상담을 종결하고 싶다는 의사를 밝히니 선생님은 말씀하셨다. 여느 때처럼 내 선택과 결정을 존중하는 말씀 앞에서 한 가지 사실을 깨달았다. 상담을 시작하는 일도 내가, 끝내는 일도 내가 결정했구나. 그것만으로도 조금 단단해진 기분이었다. 마음속에서 체념 같은 응원이 흘렀다. 해봐야지 어쩌겠어, 앞으로 나의 가능성을 내가 믿어주는 수밖에 없겠구나.

이 년간의 한숨과 눈물과 분노와 원망이 묻은 방을 떠나는 날, 선생님은 물기 어린 눈으로 말씀하셨다. "그동안 제가 신회 씨에게 배운 게 참 많아요. 앞으로 건강하게 잘 지냈으면 좋겠어요." 그 눈동자를 차마 길게 응시하지 못하고 엉뚱한 곳을 쳐다보며 대답했다. "고맙습니다. 선생님도 건강하세요."

서늘한 건물 로비를 빠져나오니 바깥은 숨 막히는 열기로 후끈했다. 재작년 이맘때 여길 처음 왔는데, 어느새 해는 두 번 돌아 좋아하는 계절이 됐다.

그때의 나와 지금의 나는 조금 다른 것 같다. 그걸 몸으로 실감하고 싶은 마음에 평소보다 더 어깨를 펴고 허리를 세워 걸었다. 머릿속에 혼잣말이 떠올랐다. '이제 내 모든 걸 받아들일 거야. 답답한 감정도, 못난 행동도, 아직은 덜 튼튼한 몸과 마음도 다 감당해야 할 것들이라 여길 거야. 이제는 그럴 힘이 생겼잖아. 그러니까 할 수 있어. 만약 또 무너지면 다시 돌아오면 돼.'

이마에 서서히 땀방울이 맺혔다. 주머니에서 손수건을 꺼내 이마를 두드리며 가슴속으로 문장 하나를 썼다.

오늘부터, 나를 둘러싼 모든 것을 책임질 것이다.

어른이 되고 싶은 어른

어른이 되고 싶었다. 그런데 어떤 사람이 어른인 걸까. 어렸을 때부터 반복해온 고민을 마흔 중반이 되어서까지 하고 있을 줄 몰랐다. 어른이 덜된 어른으로서 여전히 어른이 되고 싶다. 아니, 이제는 좀 되어야 할 것 같다. 더는 우기며 살 수 없다.

'어른'이라는 말은 얼핏 밖을 향하고 있는 것 같지만 내 안에서 먼저 해결되어야 하는 개념이다. 어른이란 스스로 결정하는 존재, 행동하는 존재, 좌절이나 후회 또는 실패도 감당하는 존재, 자신에게 단호하면서도 너그러운 존재. 내 안에서 그게 이루어지지 않고서는 사회에서의 어른 역시 될 수 없다. 어른이 되려면 일단 나에게 먼저 어른이어야 한다.

그동안 나는 이 '어른의 개념'을 일에만 적용하며 살아왔다. 일단 직업을 갖고, 돈을 벌고, 주어진 일을 기한 내에 마무리하면 어른이라고 착각하며 살았다. 어른은 일하는 사람이니까 일을 잘하면 어른이 된 거라고, 돈을 벌고 밥을 굶지 않으면 어른이라고 생각했다.

아무리 꾸역꾸역 일해도 어른 됨에 대한 의문과 고민은 사라지지 않았다. 주변을 둘러봐도 어른처럼 보이는 사람도 없었다. 적당한 예시도 없고 따라가야 할 방향도 없는 상태에서 어른 됨을 고민하고 있다니. 어른, 그거 실제로 존재하는 개념이 맞긴 한 건가.

문득 '책임감'이라는 말이 떠올랐다. 내가 세상에서 제일 부담스러워하는 말. 떠올리는 것만으로도 목 졸릴 것 같은 말. 그동안 책임지는 일이 두려워 비슷한 모양으로 변명하듯 살아왔는데, 갑자기 그 단어 하나가 나를 휘감기 시작했다. 나에게는 책임감이 있는가. 나는 책임감 있는 어른으로 살고 있는가. 책임감이란 대체 무엇인가.

내가 생각하는 책임감이란,

하고 싶은 일을 하는 것.

하고 싶지 않지만 해야 하는 일은 참고 하는 것.

하고 싶지 않은 일 중에 안 해도 될 일은 하지 않는 것.

하고 싶지 않지만 거절하기 어려운 일은

거절하는 데 용기를 내는 것.

하고 싶지만 두려운 일은 해보는 것.

하고 싶지만 할 수 없는 일은 포기하는 것.

해야 했지만 하지 못한 일에 따른 결과는 책임지는 것.

적고 나니, 책임감이라고는 하나도 없는 인간인 줄 알았던 나에게 한 줄기 빛이 비추는 느낌이다. 나도 어느 정도는 책임감 있게 살고 있었던 건가. 그렇다면 책임감을 갖는다는 건 그리 어려운 일이 아닌가. 어쩌면 어른이 되는 일도 마찬가지일까. 그렇다면 나, 어른 한번 해볼까. 어디 한번 책임감 있게 살아볼까.

겁쟁이는 툭하면 도망친다

인생을 한 단어로 정리할 수 있다면, 내 삶에는 어떤 단어가 적절할까. 길게 생각해볼 필요도 없이 대답할 수 있다. '도망.' 나는 늘 도망만 쳤다.

학창 시절은 공부로부터 도망쳤다. 일찌감치 '나는 공부를 못한다'고 결론 내렸지만 냉정하게 말하면 하기 싫어서 안 한 거였다. 안 하니까 못하지. 못하니까 어렵고. 공부하는 데는 끈질긴 인내심이 필요한데 인내심도 부족했다. 그러면서도 시간이 지나면 당연히 대학생이 될 거라고 믿었다. 공부머리와 끈기는 모자라면서 근거 없는 확신만큼은 저 하늘을 뚫을 기세였다.

가까스로 대학생이 되고 나서도 도망치는 버릇은 여전했다. 나와 맞지 않는다는 이유로 숙고 끝에 가입한 동아리를 탈퇴하고, 새로 사귄 친구들 사이가 삐걱거려도 해결하려 애쓰지 않았으며, 매일 출석하는 건 인간미가 없다며 일부러 수업에 빠지거나 시험 기간에도 펀펀 놀았다. 대학교 사학년 때는 갑자기 방송작가가 되겠다며 방송 아카데미에 다니기 시작했는데, 그러느라 또 학교를 안 갔다.

방송작가 일은 생각보다 너무 고되어 취업한 지 석 달 만에 때려치웠다. 그러고는 작은 회사에 사무 보조 겸 일본어 번역 담당으로 취직했으나, 일 년을 다 채우지 못하고 사표를 썼다. 사유는 '방송 일을 하고 싶어서'. 그때 선임이었던 대리님이 하신 말씀이 기억난다. "신회 씨, 방송 일이 아무나 하면 되는 건 줄 알아? 그냥 회사 다녀……." 그 말 때문에라도 하루빨리 그만두고 싶었다.

어렵사리 방송국에 복귀하고 나서도 도망만 다녔다. 선배가 이상해서, 피디가 힘들게 해서, 프로그램이 재미없어서 등 온갖 이유를 대며 하던 일을 그만두고, 다시 새로운 일을 시작했다 금세 그만두는 일을 반복했다. 그렇게 십여 년 동안 방송국 언저리에서 메뚜기처럼 기생했다.

그러다 문득 남의 말이 아닌 내 글이 쓰고 싶어졌다. '이제 방송작가 말고 에세이스트로 살 거야'를 주장하면서도 시도

때도 없이 땡땡이를 쳤다. 글이 쓰기 싫으면 쓰지 않았고 당장 원고 마감이 없으면 글을 쓰지 않아도 된다고 생각했다. 책이 조금 팔리면 돈이 생겼으니 당분간 글을 안 써도 된다고 여겼다.

책임감이 뭔지 모르는 인간은 자기 삶에도 책임감이 없었다. 공짜로 주어진 인생이니 대충 살다 가도 되는 것처럼 굴었다. 집에 돈이 많은 것도 아니었고, 나를 밀어줄 사람이 있었던 것도 아닌데 왜 그랬을까. 그걸 모르겠다. 아니, 안다. 나는 그렇게 막 살아도 삶이 망가지지 않을 만큼 운이 좋았던 것이다.

장애물이 보이면 주저앉고, 어려움이 닥치면 꽁무니 빼는 식으로 지내왔음에도 늘 기회가 있었다. 대본을 쓰면 받아주는 프로그램이 있었고, 글을 쓰면 읽어주는 독자가 있었고, 놀고 있으면 와서 일하라고 불러주는 사람들이 있었다. 모자람투성이인 나를 그러려니 해주는 친구들도 있었다.

눈앞의 일들이 어려움 없이 해결되고 풀리는 경험을 반복하다 보면 인생이란 본래 그런 것이라 생각하게 된다. 하지만 내 나이 서른여덟쯤 되었을 때 인생은 그런 게 아니라는 걸 처음으로 알게 되었다.

대한민국을 포함한 전 세계 경제가 휘청거리면서 모래 위에 지은 집 같던 가세가 기울어 가족들이 뿔뿔이 흩어졌다.

도서정가제 도입 이후 출판업계가 급변해, 가뜩이나 안 팔리던 책은 더 안 팔리게 되었고, 글 쓰고 책 내는 일 자체가 어려워졌다. 먹고살기 위해 방송 일을 다시 해보려 했지만 경력은 엉망인데 나이는 많은, 효율 떨어지는 작가를 써주는 데는 없었다. 살면서 처음 맞닥뜨린 위기 앞에서 어떤 대처 능력도 갖지 못한 채 허둥거렸다. 도망치는 것 말고는 잘하는 게 없는데 더는 도망칠 데도 없었다.

마흔이 가까운 나이에 처음으로 나에게 질문했다. 나를 책임지며 산다는 건 뭘까. 나는 어디서부터 잘못되었고 어떻게 살아가야 할까. 아는 건 하나도 없는데 물어볼 데도, 알려줄 사람도 없었다. 각자 자기 삶 건사하는 일에 빠듯했기 때문에. 다들 애초부터 그렇게 살고 있었기 때문에. 나만 빼고.

그때부터 이제까지와는 다른 삶을 살아야 한다고 스스로 채근하면서, 어른 됨에 대해 고민했다. 하지만 인간이란 낯선 행복보다 익숙한 불행을 선택하는 법. 이미 습관이 되어 나라는 사람을 만든 삶의 방식을 버리기 쉽지 않았다. 비슷하게 생각하고 행동하면서도 최선을 다해 살고 있다고 변명했다.

변명을 반복하며 살다 보면 변명에 잡아먹힌다. 결국 변명처럼 살게 된다. 스스로 만들어낸 변명이 내가 되어버리는 것이다. 우리는 우리가 해온 변명들로 이루어졌다.

> 우리 모두는 자신이 더 나아지기를 바랍니다. 하지만 동시에 우리는 변화를 좋아하지 않습니다. …… 우리는 불확실성보다는 문제를 안고 있는 것이 차라리 낫다고 생각합니다. 아무리 참담한 문제라고 해도 말입니다. …… 어느 정도, 인간은 자신이 가진 문제 그 자체라고 할 수 있습니다. 문제를 잃는 것은 정체성을 잃는 것이기 때문입니다.
>
> 메리 파이퍼, 『나는 심리치료사입니다』(위고, 2019) 중에서

'홍수법'이라는 심리학 용어가 있다. 노출법이라고도 불리는 이것은 행동주의 치료법 중 하나로, 특정 공포증을 가진 사람들을 대상으로 실시된다. 예를 들어 조류공포증을 가진 사람에게 새를 보여주고, 만지게 하고, 각종 새가 있는 장소에 데려감으로써 새를 만나도 위험한 일이 일어나지 않는다는 것을 체험하게 하는 것이다. 안정적인 환경에서 실행되는 반복 학습을 통해 두려움을 줄여나가며 공포증으로부터 벗어나게 돕는다. 홍수법의 핵심은 두려워하는 상황이나 자극에 직접 노출시킴으로써 신속한 변화를 도모하는 것이다.

나의 경우 이제껏 살아온 시간만큼 물을 두려워했지만

물놀이의 즐거움은 놓치고 싶지 않아서, 몇 년 전 이 방법을 시도했다. 여행지에서 눈 딱 감고 수영장에 뛰어들어본 것이다. 그 결과, 몇 번 물을 먹고 코랑 귀에도 잔뜩 물이 들어가 괴로움을 맛봤지만, 그 이상의 위험은 일어나지 않는다는 걸 알게 되었다. 이후 수영장에서의 즐거운 경험을 반복하고 나서 예전만큼 물을 두려워하지 않게 됐다. 지금은 기회가 있을 때마다 '수영은 못해도 물에서 놀기'를 즐긴다.

책임감을 갖는 일도 이와 비슷하지 않을까. 유난히 책임감 문제로 고민하는 사람이라면 억지로나마 책임감이 필요한 상황에 자신을 노출시켜보는 것이다. 그를 통해 책임감을 떠안는다고 해서 삶이 지루해지지도, 앞날이 막연해지지도 않는다는 것을 깨닫고 자기 삶의 주인이 되어 더욱 자유롭고 풍요롭게 살아갈 수 있음을 깨치는 거다.

나에게도 '책임감에 대한 홍수법'이 필요했다. 스스로 책임감을 가질 수밖에 없는 상황 만들기. 가장 먼저 떠오른 것은 나 아닌 다른 생명을 책임지는 일이었다.

반려견을 입양해보면 어떨까.

날카로운 파양의 기억

개 입양을 고려하면서, 몇몇 유기견 보호 및 입양 단체와 동물 보호 시설의 공고에 올라온 개들을 살펴보았다. 코로나19 때문에 센터를 직접 방문하거나 임시보호 중인 아이를 만나러 가는 게 쉽지 않아서, 인터넷을 통해 사진과 대략적인 정보만 찾아볼 수 있었다.

몇 년 전부터 꼭 키우고 싶은 강아지가 있었다. 견종은 포메라니안, 모색은 검은색이나 갈색이었으면 했고, 너무 작지도 크지도 않은 몸집에, 한두 살 정도로 어린 강아지가 좋을 것 같았다. 머리로는 갈 곳 없는 생명 하나를 거두겠다고 생각하면서도 최대한 예쁘고 어리면서, 취향에도 맞는 강아지를 쇼핑하듯 고르려 했다. 마치 펫숍 유리창 너머에서 인형 같은 강아지를 구경하듯 '내 스타일의 아이'가 나타나기를 바랐다.

맨 처음 찾아본 경기도의 한 시보호소에서는 한 살짜리 황토색 포메라니안을 보호 중이었다. 이미 동물 등록까지 마쳐 내장 칩까지 있다는 강아지가 어쩌다 그 멀리까지 가게 됐을까. 작은 몸에 겁에 질린 표정, 장애가 있는 발을 보니 갑자기 심장이 두근거려 '충동적으로(주의해야 할 문장 ①)' 입양 신청서를 작성했다.

며칠 뒤 또 다른 경로로 알게 된 유기견 구조 및 입양 단체의 SNS 계정에 새로운 강아지를 보호하게 되었다는 공지가 떴다. 모색이 검은, 추정 나이가 한 살인 포메라니안이었다. 그 아이를 보자마자 이제껏 기다려온 강아지라는 '느낌이 들었다(주의해야 할 문장②)'. 나는 얘가 좋아. 얘가 필요해. 또 한 번 '뭔가에 홀린 듯이(주의해야 할 문장③. ①②③은 반려견 입양을 결정하는 데 하등 도움되지 않는 행동의 예시다)' 입양 신청서를 작성했다.

입양 단체는 매우 상세한 입양 신청서를 요구했다. 입양 신청인의 직업 및 업무 형태, 반려동물을 키운 경험 유무, 있다면 몇 마리를 몇 년 동안 키웠는지, 가족 구성은 어떻게 되는지, 집 내부를 다양한 각도에서 찍은 사진 등 신청서를 작성하는 것만으로도 몇 시간이 훌쩍 흘렀다. 신청서를 쓰는 동안 자신에게 반려인으로서의 자격이 없다는 걸 깨닫는 사람도 많을 것 같았다. 질문에 대한 답변을 적는 사이, 마음이 점점 작아졌다.

반려인으로서 나의 장단점도 떠올리게 됐다. 내 조건을 본 입양 단체가 흔쾌히 개를 보내줄 수 있을까. 그럴 수 있을 것 같기도 했지만, 전혀 그럴 리 없을 것도 같았다.

다음은 실제로 수첩에 써본 '내가 개를 데려오면 좋은 점, 안 좋은 점'이다.

좋은 점

귀여운 강아지가 늘 곁에 있다

강아지와 사랑을 주고받을 수 있다

집에 있는 시간이 외롭지 않다

규칙적인 생활을 할 수 있다

더 이상 막 살 수 없을 것이다

딱한 유기견 한 마리의 생명을 살릴 수 있다

결과적으로 세상에 도움 되는 일을 하는 것이다

…

안 좋은 점

여행을 자유롭게 갈 수 없다

늦잠을 못 잔다

혼자만의 조용한 일상을 즐길 수 없다

외출을 편하게 못 한다

원고 작업을 방해받을 수 있다

돈이 많이 든다

강아지를 무서워하는 친구들이 집에 놀러 오지 못한다

한여름, 한겨울에도 산책하러 나가야 한다

개 짖는 소리나 층간 소음 때문에 민원이 들어올 수 있다

똥, 오줌, 저지레로 집이 엉망이 될 수 있다

강아지가 나를 물 수도 있다

내가 개랑 안 맞는다는 것을 뒤늦게 깨달을 수 있다

개 입양 자체를 후회할 수 있다

……

적다 보니 예상과 다르게 안 좋은 점만 술술 나왔다. 좋은 점은 딱히 생각나지 않았으나 각각의 의미가 묵직하다고나 할까. 귀엽다니, 사랑을 주고받는다니…… 이런 항목들 앞에 어떤 이성적인 주장이 먹힐까. 하지만 반려견 입양은 감성으로 결정할 일이 아니다. 그 감성을 이유로 많은 보호자

가 끝까지 개를 책임지지 않는다. 오로지 인간의 필요에 의해 입양된 개들은 평생 가족일 줄 알았던 이들로부터 버려진다.

도저히 보호자를 찾으러 올 수 없는 먼 곳까지 일부러 가서 개를 버리고 오는 사람들은 대체 어떤 자들일까. 그런데 내가 그런 사람이 안 되리라는 보장이 어디 있나. 개를 입양하는 대부분의 사람들이, 자신이 언젠가 개를 버리는 사람이 될 수도 있다고 생각하지 못한다.

하지만 개를 키워본 적도 없는 나는 그 생각을 자주 했다. 섣불리 입양을 결정하면 나 역시 그런 사람이 될 수 있다고. 그러다 이미 상처받은 아이에게 또 한 번 상처 주고, 나한테는 그럴 만한 사정이 있었다고 변명하고, 새로운 강아지 앞에서 다시 마음이 흔들리고 판단력이 흐려질 사람이라는 걸 알았다. 나는 도망치는 사람이니까. 책임감이 부족한 인간이니까.

내친김에 개 보호자로서 나의 장단점도 적어보았다.

장점

집에서 일한다

외출을 자주 하지 않는다

집이 자가이다 (입양 관련해 집주인 눈치 볼 필요 없음)

운전할 수 있고, 차가 있다

대출이나 빚이 없다

입양을 허락받아야 할 사람이 없다

아직은 체력이 괜찮다

강아지 한 마리를 감당할 수 있을 만큼 돈을 번다

정이 많다

하기로 결심한 일은 성실하게 하는 편이다

산책할 수 있는 한강공원 가까이에 산다

……

단점

종일 소파에 누워만 있다

집에 처박혀 혼술을 많이 마심 (경미한 알코올중독)

활동적으로 놀 줄 모른다

생각이 수시로 바뀌며 감정 기복도 심하다

사랑에 헌신하는 타입 (호구라는 소리를 자주 들음)

헌신이 배신당하면 뒤도 안 돌아보는 스타일이다

집이나 집기가 망가지는 것, 층간 소음에 예민하다

운전에 서툴다 (15년째 초보 운전자의 자세와 실력 유지 중)

수입이 불규칙적이다

급할 때 개를 맡길 사람이 없다

경제 관념이 제로에 수렴한다

사회성이 부족하다

계획했던 것이 틀어지면 패닉이 되는 스타일이다

업무 스케줄이 불규칙적이다

결벽증이 있다

강아지를 돌보거나 키워본 경험이 전무하다

덩치가 조금이라도 큰 개를 무서워한다

……

역시 장점보다 단점이 많구나……. 장점은 하나하나 쥐어짜서 쓴 반면 단점은 술술 써졌고, 심지어 더 쓸 수 있는데 쓰다 보니 자괴감이 몰려와 그만 쓰기로 한 것이다. 하지만 사람은 누구나 완벽하지 않아. 장점이 많다고 해서 좋은 보호자가 되는 게 아니고, 단점만 많다고 해서 나쁜 보호자가 된다는 법은 없어. 세상만사가 그렇지 않느냐고…….

자꾸 기분만 다운시키는 수첩은 내팽개치고 SNS 창을 열었다. 나에게 오길 바라는 두 강아지의 모습을 이렇게도 보고 저렇게도 보며, 함께 사는 모습을 상상했다. 현실이 될 것 같지 않은 상상이어도 멈출 수 없었다. 그러면서도 알았다. 반려견을 키운 경험이 한 번도 없는, 게다가 혼자 사는 나 같은 사람에게 입양의 기회가 올 리 없다는 것을.

그런데 며칠 뒤, 두 단체에서 모두 연락이 왔다. 담당자들은 유기견을 입양해 키우는 일은 결코 쉽지 않다는 것을 여러 번 강조했다. 통화 시간이 길어질수록 나의 쫄보 지수는 무한대로 상승했다. 잔뜩 기죽은 상태로 속사포처럼 이어지는 이야기를 듣고, 쭈뼛쭈뼛 질문 몇 개를 하고는 말했다. "조금 더 고민해보고…… 연락드리겠습니다."

전화를 끊고 나니 가슴이 마구 쿵쾅거리며 두려움이 몰려왔다. 내가 개의 평생 보호자가 될 수 있을까. 덜커덕 입양 신청을 하다니 너무 성급했던 것 아닐까. 개에 대해서 알지도, 경험해보지도 못한 인간이 혼자 개를 키운다는 게 가능한 일일까. 뒤늦게 현실감각이 살아나면서 각성이 됐다.

며칠 잠을 설쳤다. '아무래도 자신 없음'과 '그래도 해보자' 사이에서 갈팡질팡하던 몇 날 밤을 지나 '나는 못 할 것 같다'가 점점 이기고 있었다. 결국 두 단체에 연락해 머뭇머뭇 포기 의사를 밝혔다. 황토색 포메라니안은 적당한 보호자를 찾지 못할 경우, 안락사가 진행될 예정이라고 했다. 검은색 포메라니안은 현재 임시보호 중인 가정에서 더 길게 지내게 될 예정이었다.

거대한 숙제 같던 통화를 마치고 나니 자기혐오가 몰려왔다. 그래, 나는 이런 인간이지. 충동적으로 결정하고 감정적으로 꽁무니 빼는 인간. 역시 책임감 따위 없는 인간이지.

그런 인간이 무슨 개의 인생을 책임지겠다는 거야. 네 인생이나 제대로 살아. 모진 말들이 칼끝처럼 꽂혀 가슴이 얼얼했다.

얼마 전, SNS에서 이미 많은 랜선 보호자를 보유한 유기견 한 마리가 극적으로 입양된 일이 있었다. 하지만 아이가 새집으로 가는 도중, 새 보호자는 톨게이트에서 급작스럽게 파양을 결정해 아이를 임시보호처로 돌려보냈다. 입양 전부터 꾸준히 임시보호자와 소통하며 아이의 특징과 상태를 인지하고 있었고, 그럼에도 맡겠다고 결정한 사람이었음에도 파양을 하고 만 거다.

입양 직전까지 개를 돌보며 평생 가족을 찾아주기 위해 애써온 임시보호자는, 포스팅을 통해 서운함과 분노를 표현했다. 팔로워들 역시 성급하게 입양과 파양을 강행한 사람에게 비난을 퍼부었다. 나 역시 안쓰러움과 씁쓸함이 몰려왔지만 아무 말도 보탤 수 없었다.

나라고 뭐가 다르다고. 내가 한 것도 파양이 아닌가.

준비하는 일에도 연습이 안돼 있는 사람

개 입양을 고려한 이유는 나 아닌 생명을 감당하며 책임감을 길러보고 싶어서였다. 더불어 끝나지 않은 역병의 시대, 더 많이 굶주리고 유기되는 동물을 한 마리 거둠으로써 조금이나마 세상에 도움이 되고 싶었다.

두 결심보다 큰 이유는, 뼛속까지 파고들 것 같은 외로움이었다. 아니, 외로움이라는 말은 지나치게 단순하고 납작하다. 이제까지 산 것과는 다르게 살아야겠다는 위기감이 엄습했다. 새로운 가족이 필요하다는 생각도 처음으로 했다. 코로나19 때문이다.

평소 매일 어딘가로 일하러 가는 사람이 아닌 데다 1인 가구이다 보니 종일 말 한 마디 안 하고 지나가는 날이 많다. 게다가 자유롭게 나다니지 못하는 상황에까지 놓이니 사람들과 만나 밥 먹고 대화 나누고, 차를 마시거나 함께 걷고 싶은 마음이 절로 들었다. 그동안 부정하기 바빴던 외로움이 어엿한 실체가 되어 눈앞에 장승처럼 버티고 있는 느낌. 외로움이 사무치면 두려움이 된다는 것도 알게 됐다.

주체 못 할 만큼 넘치는 시간과 마음을 어떻게 처리해야 할지 막막했지만 사람에게는 기대고 싶지 않았다. 새로운 우정이나 연애도 고단하게 느껴졌다. '인간에게는 희망이 없다'는 이수정 교수의 말이나 요네하라 마리의 책『인간 수컷은 필요 없어』가 떠오르면서도 누군가 곁에 있으면 좋을 것 같았다. 사람 말고, 식물 말고, 나처럼 숨 쉬고 먹고 자고 소리 내는 생명 하나가.

가까운 사람들이나 알고 지내는 편집자들은 종종 이다음 책 주제를 던져준다. "돈 이야기를 해보는 건 어때?", "마흔의 삶에 대해 써보지 그래요?" 평소 나의 취향과 관심사를 알고 있는 사람들의 조언에는 최대한 귀 기울이려 하지만, 듣기만 하고 실천하지 않는 건 오랜 고질병이다. 고집이 세기 때문이다. 다 듣고 나서는 이렇게 대답한다. "나중에요."

다 도움이 되고 싶어서 하는 이야기라는 것, 앞으로의 커

리어에 좋은 영향을 줄 거라는 것도 알지만 자신이 없다. '그걸 쓰려면 공부를 해야 하잖아, 자료 조사도 많이 해야겠지, 도무지 잘 쓸 자신이 없어……'라고 얼버무리며 좋은 기획도 거절하거나 미룬다. 뻔한 핑계를 덧붙이면서. "아직 준비가 안 된 것 같아요."

반려견 입양에 대해서도 마찬가지였다. 개를 키워본 적도 없고, 여전히 개에 대한 두려움이 있는 반면 지식은 없고, 함께 살면 벌어질 일들에 대한 대비도 되어 있지 않았다. 처음 무언가에 이끌리듯 입양을 결심했을 때와는 정반대로 갖가지 '안 되는 이유'들이 줄 섰다. 아무도 물어본 적 없는 변명을 중얼거리면서도 내가 이러는 이유를 알고 있었다. 책임지기 싫어서다.

"네. 아닌 것 같아요."

강아지 한 마리를 들이면 어떨 것 같으냐는 질문에 고양이 세 마리, 강아지 한 마리와 살고 있는 친구 ㅈ은 단호하게 말했다. 개라는 동물과 나라는 인간을 잘 아는 ㅈ은 덧붙였다. "아기 키우는 거랑 비슷해요. 진짜 쉽지 않아요."

ㅈ과 헤어져 집으로 돌아오는 길, 내내 책임감이라는 말을 곱씹게 됐다. 나는 생명을 책임질 수 있는 사람인가(아니요). 평소 책임감 있는 사람인가(아니요). 살면서 누군가를 책임져본 적이 있는가(아니요). 지금부터라도 누군가를 책임

질 자신은 있는가(아니요!). 밤늦게까지 유기견 보호센터 공고에 올라온 개 사진을 넘겨 보며 속으로 중얼거렸다. '아이구, 딱한 것들…… 그런데 나는 자격이 없어…….'

몇 주간 고민하다 마음을 정했다. 강아지 입양은 포기하기로. 대신 새로운 결정을 했다. 일단 준비를 하기로. 언제 기회가 올지 몰라도 그때까지 새 식구를 기다리는 시간으로 삼기로 했다.

다음 날부터 반려견에 관한 책들을 주문해 읽었다. 이제껏 방송된 〈세상에 나쁜 개는 없다〉, 〈개는 훌륭하다〉 전 편을 다시 봤다. 시간 날 때마다 유튜브를 틀어 반려견 교육 영상이나 강의를 찾아봤다. 반려인인 지인들에게 연락해 질문하거나 조언도 구했다. 반려견 입양을 준비하고 있다는 말에 지인들의 반응은 오십 대 오십이었다. "힘들 수 있으니더 고민해봐"와 "그래도 용기 내봐"가 정확히 반반이었다.

며칠 뒤 집에 놀러 온 친구 ㅎ은 가족이었던 강아지 이야기를 해주었다. 이미 오래전 무지개다리를 건넌 '베베'를 도둑맞을 뻔한(!) 이야기를 며칠 전에 벌어진 일처럼 생생하게 전해주었다. 이야기를 듣는 동안 그 개가 더는 세상에 없다는 사실이 슬프기만 했는데, 정작 친구는 편안한 표정이었다. "베베가 우리한테 준 추억이 너무 많아요." 그리고 덧붙였다. "언니도 한번 용기를 내보는 게 어때요?"

반려견 입양을 둘러싸고 수도 없이 들어온 이야기 중에 그 말만큼 마음에 깊이 다가온 말이 없었다. 함께 있는 동안 행복했다는 말. 그 경험을 너도 해볼 수 있지 않겠느냐는 말. 새벽까지 ㅎ의 말이 머릿속에서 웅웅거렸다. 여러 번 나에게 물어보았다. 진짜로 한번 용기를 내보는 게 어때?

며칠 뒤, 결심한 듯 ㅈ이 키우는 강아지 서키를 만나러 갔다. 아파트 단지 근처 대로변을 떠도는 푸들 강아지를 발견한 동네 안경점 사장님이 임시보호 중이던 서키를 ㅈ은 이년 전에 가족으로 맞았다. 상상했던 것보다 커다란 몸집의 서키는 나를 보자마자 마구 달려와 점프했고, 익숙지 않은 행동에 식은땀이 삐질 났지만 조금씩 쓰다듬어보고, 간식을 먹이고, 안아도 보고…… 태어나서 처음으로 개줄을 잡고 산책도 했다. 베베 이야기를 들은 후 내 안에 용기의 불씨가 솟아났다면, 서키와 시간을 보내고 오는 길에는 불씨가 촛불이 되어 타닥타닥 타오르는 느낌이었다.

포기하고 나서 시작되는 일도 있구나. 천천히 준비하는 일도 나쁘지 않구나. 실행하는 일뿐만 아니라 기다리는 일도 '행동'이구나. 무언가를 스스로 결정한다는 것은 스스로 에너지를 만들어내는 일이라는 걸 어렴풋이 깨달았다.

완벽하게 준비된 상황은 없다. 아직 준비되지 않았다면 지금부터라도 준비하면 된다. 처음부터 잘하는 사람이 어디 있어. 모든 일에는 시간이 필요한 거야. 준비하는 마음이 책임지겠다는 각오를 키워줄 수도 있다.

그날부터 조금 더 진취적으로 나에게 올 개를 기다렸다.

말하는 사람은 행동하는 사람을 이길 수 없다

신간을 내고 나서는 한동안 부지런히 리뷰를 찾아본다. 해시태그로 책 제목과 내 이름 석 자도 검색하면서 독자들의 반응을 살핀다. 칭찬도 있지만 비판도 있다. 그중에서도 읽자마자 마음에 살얼음이 어는 것 같던 리뷰가 있었다. '작가의 자기 복제.'

정확히 무슨 뜻인지, 내가 나의 어떤 작품을 어떻게 복제했다는 건지는 알 수 없었지만, 독자가 이번 책을 읽고 실망했다는 것만큼은 알 수 있었다. 내가 하는 일이 모두를 만족시킬 수 있는 일이 아니라는 걸 알면서도, 새 책이 별로라는 리뷰를 읽을 때마다 기분이 가라앉는다.

하지만 그러한 리뷰에도 '좋아요'를 누른다. '의견 잘 들었습니다'라는 뜻에서다. '하신 말씀은 일단 제 안에 들어왔으니 어떤 방식으로든 소화할게요'라는 의미다. 비판이 담긴 리뷰도 책과 작가에 관심이 있어야 남길 수 있는 거니까.

맨 처음 책을 냈을 때는 온라인 서점에 달린 독자들의 리뷰와 댓글 하나하나가 신경 쓰였다. 좋은 이야기만 듣고 싶었기 때문에 (이건 지금도 그렇다. 속이 좁다) 조금이라도 비판적인 리뷰를 읽으면 울적해졌다. 얼굴도 모르는 리뷰 작성자가 원망스러웠고, 책에 대한 비판이 꼭 나를 향한 비판 같아 얼마 없는 자신감마저 싹 마르는 느낌이었다.

그러나 몇 년 전, 어떤 말을 듣고 나서부터 '그럴 수도 있지' 하고 넘길 수 있게 되었다. '읽는 사람은 쓰는 사람을 이길 수 없다.' 이 말은 독자로서의 내 모습을 돌아보는 계기가 되어, 타인의 창작물에 조언을 가장한 비판이나 충고를 던지는 일에 신중해지게 했다. 어떤 모진 말로 평가해봐도 읽거나 보는 나는 그걸 만든 사람을 이길 수 없다.

이 말은, 말은 행동을 이길 수 없다는 믿음으로도 확장되어 일상 전반에 영향을 미치고 있다. 내가 하는 말과 행동이 같은지 따져볼 것. 누군가의 말보다 행동을 믿을 것. 어떻게 사는지에 대한 말이 아니라 실제로 어떻게 살고 있는지에 주목할 것.

무언가를 책임지고 싶다는 바람, 나의 직업 활동이 아닌 다른 실천으로 세상에 도움이 되고 싶다는 마음에 개 입양을 고려하고 있지만, 실천하지 않는 한 그저 생각이나 말일 뿐이다. 내내 고려하다가도 번복하고, 포기하고, 다시금 준비한다고 말하면서도 점점 그 일에 몸과 마음이 멀어지는 느낌이 들었다. 시간을 두고 고민하면 더 나은 결정을 할 수 있을 거라 생각했지만 그저 결정을 미루고 시간만 유예하고 있는 건 아닌지.

매일 SNS에 올라오는, 내가 입양을 단념했던 검은 포메라니안 '리나'의 소식에 특히 마음이 무거웠다. 이렇게 예쁜 아이에게 입양 문의가 없었을 리 없을 텐데 아이는 왜 여전히 임시보호 가정에 머물고 있는 걸까.

위탁처 생활을 거쳐 새로운 임시보호자 가정으로 옮겨 가는 일도 개에게는 스트레스가 될 텐데. 만약 더 긴 기간 동안 입양이 결정되지 않으면 개는 다시 위탁처로 가게 될까? 아니면 새로운 임시보호 가정으로 가는 걸까? 그렇다면…… 이다음 집은 우리 집으로 해볼까……. 이 생각의 흐름만으로도 심장이 튀어나올 것처럼 빠르게 뛰었다.

이미 한 번 입양을 포기한 사람으로서 다시 단체에 연락해 이야기를 나눈다는 게 염치없다는 걸 알았지만, 더는 망설이기 싫었다. 나 아닌 다른 사람이 리나의 평생 가족이 되는 건 싫었다. 하지만 또 한 번 실수하면 안 될 것 같아 며칠 더 차분히 생각해보기로 했다. 반려견에 관련된 책을 읽으며, 이미 본 유튜브 교육 영상을 다시 보면서, 메모하고 일기도 쓰면서 '제발 침착해지자'를 되뇌었다.

며칠 뒤 떨리는 마음으로 단체에 연락해 처음부터 다시 입양 상담을 받았다. 담당자는 말했다. "리나는 그동안 입양 문의가 유난히 많았던 아이예요. 그런데 신청자가 미성년자이거나, 다른 가족들의 동의가 확실치 않은 분들이어서 더 믿음이 가는 보호자가 나타나기를 기다리고 있었습니다." 그 말에 면접관 앞에 앉은 취준생처럼 씩씩한 척했다. "저는 혼자 살기 때문에 누구의 동의도 받지 않아도 돼요. 집에서 일하고요. 외출도 거의 하지 않아요!"

비대면 면접을 연상시키는 질문이 줄줄이 이어졌다. 떨리는 목소리로 하나하나 대답하면서도, 이 통화가 어떤 결론을 맺을지 가늠할 수 없었다. 담당자는 마지막으로 덧붙였다. "저도 생각해보고, 임시보호자님과도 상의해보고 결정하겠습니다. 만약 입양이 결정되면 동의서를 보내드릴 거예요."

통화를 마치고 휴대폰을 손에 쥔 채 화면만 바라봤다. 한 시간도 안 되는 시간이 영겁처럼 느껴졌다. 잠시 후 휴대폰이 울렸고, 입양 동의서가 도착했다! 떨리는 손을 주물러가

며 한 자 한 자 눌러 쓰면서도 이 동의서의 주인공인 아이가

내 식구가 될 거라는 사실이 믿기지 않았다.

여전히 부모님의 허락이 필요하다

입양을 고민하는 동안 주변 반려인들에게 도움을 많이 받았다. 질문 하나를 하면 또 다른 질문거리가 생겼고, 걱정과 불안도 이만저만이 아니었기에 개를 키우는 사람들만 만나면 안 해도 될 말, 정답도 없는 의문을 주르륵 쏟아냈다.

나와 성격이 다른 사람들이었음에도 하나같이 내 고민을 이해해주었다. 마치 강아지 한 마리를 대하듯 너그러운 보호자의 모습으로 나(라는 개)를 대하는 느낌이었다. 이것이 진정한 반려인의 모습인가. 그들은 개 이외의 모든 생명체를 개 다루듯 대하며 살고 있는 것인가. 귀찮은 내색 하나 없이 묵묵히 귀 기울이고 가르쳐주는 모습에, 나 역시 머지않아 초보 반려인들에게 아량을 베푸는 선배 반려인이 되고 싶었다.

입양이 결정되었다고 알리니 그들은 나처럼 긴장하면서도 격하게 축하해주었다. 힘든 일이 없진 않겠지만 그만큼 행복할 거라고 이야기해주었다. 어쩐지 전우애가 싹트는 느낌. 나의 좋은 소식에 비슷하게 반가워해주는 사람들의 모습에 힘이 났다.

그러나 소식을 전해야 할 사람은 따로 있었다. 바로 부모님. 내가 개와 살기로 했다고 말하는 순간 두 분이 보일 반응이 저절로 연상됐다. 특히 엄마의 반응이 자동 재생되었다. 말하기 망설여졌다.

내가 어렸을 때 우리 식구는 서울 근교에 있는 단독주택에 살았다. 마당에는 아빠가 사 오셨다는(!) 커다란 믹스견이 있었다. 개는 마당에 있는 개집에 살면서 그저 집을 지켰다. 밥은 우리가 먹고 남은 걸 먹었고, 산책하는 모습을 본 적도 없다. 개의 생김새나 특징도 기억나지 않는다. 심지어 이름도 기억이 안 난다.

어느 날, 개는 죽었다. 몇 년 후 서울로 이사 온 우리 식구는 그 개를 떠올리는 일도 없이 줄곧 아파트에 살면서, 개와 관련 없는 사람들로 살았다. 길을 가다 개를 봐도 뒤돌아보지 않았고 딱히 귀여워하지도 않았다. 그중에서도 나는 유난히 개를 무서워했다. 개만 보면 절로 몸이 경직되었다.

여섯 살 때 즈음, 혼자 골목길을 걷고 있는데 멀리서 이제 껏 본 적 없는 커다란 개 한 마리가 내 쪽으로 다가왔다. 당시에는 개한테 목줄을 맨다는 개념도 없을 때여서, 주택가 개들도 풀어놓고 키웠다. 여섯 살짜리 눈에 그저 커다랗게 만 보이는 개는 점점 다가왔지만, 주위를 둘러보니 보호자 도 없었다. 갑자기 무서워져 달리기 시작했더니, 내가 뛰는 걸 본 개는 더 빠른 속도로 나를 따라왔다. 후들거리는 두 다 리를 느끼면서도 그 자리에 멈추면 물릴 것 같아 전속력으 로 달렸다. 잠깐 뒤돌아봤을 때, 개는 여전히 긴 혀를 내민 채 나에게 돌진하고 있었다.

이러다가는 곧 죽을 것만 같아 큰길로 달려 나가자, 그 모 습을 본 동네 어른들은 크게 웃기 시작했다. "뛰지 마라! 개 는 뛰면 더 쫓아간다!" 마치 흥미진진한 서커스라도 보는 양 껄껄댔다. 겁에 질린 아이를 도와주는 사람은 한 명도 없 었다.

가까스로 집으로 돌아와 떨리는 손으로 대문을 부여잡고 거칠게 문을 잠그며 생각했다. 어른들은 끔찍해. 그 개보다 더 끔찍한 인간들이야. 그날 저녁, 낮에 이런 일이 있었다고 부모님께 이야기했는지 안 했는지조차 기억이 안 난다. 그저 그 일을 기억에서 오려내버리기로 했다. 그러면 없던 일이 될 테니까.

그런데 왜 지금, 수십 년 전 그때 일이 떠오르는 걸까. 그렇게 개를 무서워하던 내가 개를 식구로 맞이한다는 게 나조차 믿기지 않아서일 거다. 속사정은 알지 못해도 부모님 역시 내가 개와 그리 친하지 않다는 것만큼은 알고 계신다. 그러니 개랑 살기로 했다는 이야기를 하면 아빠는 놀라시겠지. 그러다가 곧 그러려니 하실 것이다. 아빠는 그런 분이다. 평소 나의 결정에 대해 어떠한 말씀도 보태지 않는다.

반면 엄마는 분명 싫어하실 거다. 엄마는 개를 좋아하시지 않는다. 그래서 개 키우는 사람들을 이해하시지 못한다. 그런 이유에서 개를 키우기로 한 딸 역시 이해 못 하실 거다. 평소 엄마는 자신의 생각이 정답이라고 확신하고, 그걸 여러 번 말씀하는 분이다. 이어지는 상상에 점점 주눅이 들었지만 언제가 되었든 말씀드려야 할 것 같았다. 머지않아 두 분은 개가 있는 우리 집에도 오시게 될 테니까.

집으로 전화를 거니, 마침 엄마가 받으셨다. 해도 그만 안 해도 그만인 이야기를 주고받다 말했다. "저, 개 입양했어요. 며칠 뒤에 올 거예요."

수화기 너머 잠시 침묵이 생겼다. 그리고 이어진 말씀.

"아이고. 니 안 된다."

예상했던 반응이었다.

"뭐가 안 돼요."

"개가 얼마나 손이 많이 가는지 아나. 그리고 위생에 엄청 안 좋다. 개털이 사람 폐랑 심장에 얼마나 안 좋은지 아나. 키우는 데 돈도 얼마나 많이 드는데…… 아이고, 개 키울 거 몬 된다."

엄마는 그 외에도 개 키우는 일의 고단함과 단점에 대해 길게 말씀하신 것 같은데 어떤 이야기들이었는지 기억이 안 난다. 잠시 뇌의 스위치를 꺼두었기 때문이다. "이미 입양했는데요, 뭐." 어색하게 대화를 마무리하고 전화를 끊었다.

애써 담담한 척했지만 동요했다. 엄마의 반대는 늘 딸의 마음을 무겁게 한다. 그리고 자연스럽게 따라오는 생각들. '엄마는 늘 내 결정을 지지하지 않아. 나는 자꾸 엄마를 실망시켜.' 또 한 번 엄마 성에 안 차는 딸이 된 것 같아 풀이 죽었다.

무거운 마음에 짓눌리고 있는데 엄마는 개를 키우면 안 좋은 점에 대해 계속 문자를 보내오셨다. 아직 개가 오기 전이니 지금이라도 마음을 돌려놓으려 애쓰시는 눈치였다. 진절머리가 났다. 이 모든 걸 대수롭지 않게 넘기지 못하는 내 모습에. 여전히 내가 덜 큰 인간 같다는 자괴감에. 마흔 넘은 딸의 결정을 당신 뜻대로 바꿀 수 있다고 믿는 엄마의 고집에.

　부모님에게 나는 늘 모자란 딸이다. 결혼하지 않았고, 아이도 없고, 직업마저 불안정한 여자여서 부모님은 늘 나를 안쓰러워하신다. 내가 어떤 일을 하며, 어떤 방식으로 살아가고 있는지, 어떨 때 행복을 느끼는지와 상관없이 나는 두 분에게 짠한 존재다.

　그래서인지 나는 늘 부모님에게 내 행복을 증명해 보이려 한다. 새 책이 이만큼 사랑을 받고 있다고, 얼마 전에 이렇게 큰 강연을 했다고, 이만큼 유명한 매체와 인터뷰를 했다고…… 나의 모든 성취와 경험을 자랑스레 떠벌리면서도 뭔 짓을 하고 있는 건가 싶다. 부모님 앞에서 늘 인정받고 싶어 하고, 존재감을 증명하려 노력하는 내가 여전히 덜 자란 애 같다.

　부모님과 상의하지 않고 개 입양을 결정하면서 마음속에는 묵직한 생각 하나가 있었다. 이제 나는 어른이야. 내 결정에 누구의 허락도 필요 없어. 엄마가 좋아하지 않는 개를 내 집에 들인다는 건 내 인생에 나 아닌 다른 어른의 허락은 필요 없다는 의미이기도 했다. 그래서 엄마의 충고와 걱정도 아무렇지 않게 넘길 수 있을 줄 알았는데 아니었다. 아직 멀었다. 나는 여전히 엄마의 허락을 필요로 한다.

　마흔넷이나 됐으면서 자신의 결정에 확신을 갖지 못한다.

내 결정을 허락할 사람은 단지 나인데, 누구의 허락을 기다
리고 있는 걸까. 대체 나는 언제쯤 내 몫의 삶에 당당해질 수
있을까.

기꺼이 할수 있는 일만 하자

며칠 뒤, 아빠가 뭘 좀 갖다 주겠다며 집에 오시겠다고 했다. 내가 어떻게 지내고 있는지 보고 싶으셨을 거다. 우리 집의 컨트롤 타워인 엄마가 파견한 일종의 사절단 같은 거다. 그걸 알면서도 "서울에 있는 병원에 진찰받으러 간다"는 아빠 말씀을 있는 그대로 믿기로 했다.

아빠는 병원에 가실 때마다 아주 가끔 우리 집에 들르신다. 평소에 자주 연락하거나 만나는 편이 아니어서 그럴 때면 아주 가끔 점심을 차려드린다. 부녀의 미니 만찬 같은 거다.

샐러드를 좀 하고, 평소 자주 해 먹는 명란파스타를 만들었다. 아빠는 설거지가 필요 없을 정도로 그릇을 싹싹 비우셨고, 그 모습에 나 역시 기분 좋게 한 끼를 먹었다. 후식으로 커피를 한 잔 드시고는 만족스럽다는 듯 손을 흔들며 떠나셨다. 개와 엄마 이야기는 등장하지 않은 짧고도 산뜻한 만남. 이 인분의 그릇을 설거지하면서 기꺼운 식사 자리였다고 생각했다.

몇 년 전까지만 해도 집에서 요리하는 걸 즐기고, 사람들을 불러 음식을 대접하는 일이 신났는데 이제는 별로다. 사과 하나 깎는 것도 귀찮아서 사과 껍질을 싫어하는데도 껍질째 먹는다. 혼자 살다 보니 밥을 차리는 것도 나 혼자, 치우는 것도 나 혼자, 빨래를 만드는 것도 나지만 그 빨래를 해야 하는 사람도 나다. 규모가 큰 살림은 아니지만 매일매일 일정량의 가사 노동을 하는 느낌이 들어, 요새는 최소한의 집안일만 감당하려 한다.

그래서 집에 세 명 이상이 모이면 배달 음식을 시켜 먹는다. 나 포함 두 명이면 기꺼이 요리한다. 밥이라면 나도 먹어야 하고, 음식 일 인분을 더 준비하는 건 할 만하기 때문이다. 그러다가도 가끔 여러 명을 초대해 식사를 대접하겠다고 마음먹고, 혼자 북 치고 장구 치면서 가스레인지 앞에 서서 불 쇼를 하다 보면 뒤늦게 현타가 온다. '대체 왜 이 짓을

자발적으로 하겠다고 한 거지? 며칠 전의 나, 왜 그랬던 거지?'

그러다 보면 기쁘게 초대해 정성껏 대접하겠다는 소기의 의도는 상실되고, 화려한 부담감과 피곤함이 나를 감싼다. 분명 내가 하겠다고 한 일인데 밥을 먹고 가는 사람들이 오히려 나를 괴롭히는 것 같을 때도 있다. 그럴 때는 초대받은 사람들에게도, 초대한 나 자신에게도 복잡한 심경이 된다. 비슷한 후회와 성찰의 시간을 몇 번 갖고 나서 자신과 약속했다. 기꺼이 할 수 있는 일만 하자. 조금이라도 찜찜한 일은 관두자.

이제는 친구들이 집에 오겠다고 하면, 기운이 남아돌 때는 쌍수 들고 환영하지만 그렇지 않을 때는 한두 명으로 제한하거나 다음을 기약한다. 즐거움과 기쁨이 조금이라도 변질될 기미가 보이면 속으로 재빨리 '스톱'을 외친다. 세상 속에서 부대끼며 살다 보면 대부분의 시간을 나조차 나를 속이게 되기 때문에, 무엇보다 자신을 정확하게 파악하려는 노력이 필요하다. 그럴 땐 나와 대화도 하면 좋다. '너 할 수 있니, 할 수 있다면 어디까지 할 수 있니, 기꺼이 할 수 있니? 안 그럴 것 같으면 말아.'

내 마음에 부담이 없어야 사람들과도 편안하게 만날 수 있다. 마음에 잔여물이 남는 제안을 자꾸 수락하고, 억지로

하다 보면 불필요한 감정들이 끼어든다. '나는 이만큼 해줬는데 왜 고마움을 몰라? 내가 이렇게 노력하고 있는 거, 안! 보! 여?!' 이러면서 꽈배기가 된다. 시킨 사람은 아무도 없는데, 혼자 일을 만들어놓고 애먼 데다 징징거리게 된다.

툭하면 남에게 잘 보이고 싶어 하는 (나 같은) 사람은 관계에서 번아웃을 자주 겪는다. 평소 싫은 걸 싫다고 말하지 못하고, 나보다 남에게 더 베풀려 하다가 결국엔 '다 싫어! 다 필요 없어!' 상태가 된다. 괴롭힌 사람은 없는데 혼자 괴롭힘 당한 사람처럼 군다. '이거 어따 신고해야 되죠?'라고 자문하면서도 안다. 신고할 데는 어디에도 없다는 것을.

이제는 누군가에게 뭔가를 베풀고 싶다는 생각이 들면 속으로 꼭 질문한다. '너, 이거 진짜 하고 싶어서 하는 거야? 아니면 잘 보이고 싶어서 그러는 거야?' 그럴 때 '잘 보이고 싶어서 그런 것 같다'는 답이 나오면 마음을 접는다. 내가 어떤 행동을 했을 때 상대방이 내가 기대한 반응과 태도를 취하지 않아도 괜찮다는 판단이 설 때만 베푼다.

그 에너지는 상대에게도 고스란히 전해지는 것 같다. 기꺼이 대접할 때, 상대도 기꺼이 받는다. 반대의 경우는 상대역시 그 기운을 감지한다. 그런 대접이 마음 편할 리 없고, 그게 반복되는 관계가 원만할 리 없다. 나의 욕심으로 인해오래된 관계마저 덜컹대던 경험을 여러 번 겪고 나니 베풀며 느끼는 호승심보다 기꺼이 주고받는 일의 즐거움이 먼저라는 걸 깨닫게 됐다.

누군가를 챙기고 싶을 때 가장 먼저 해야 할 것은 내 진심을 되돌아보는 일이다. 먼저 나에게 진실해져야 상대를 진실하게 대할 수 있다. '나는 찜찜하지만 그 사람은 눈치 못 챘겠지?' 이런 거 없다. 내가 잘난 만큼 타인 역시 잘났다. 다들 나만큼 생각하고 살고, 나만큼 안다.

다음에는 엄마한테 음식 만들어 드려야지. 단, 개에 대한 잔소리는 안 듣는 조건으로. 그래도 하시겠지. 그렇다면 잠시 뇌를 꺼두는 조건으로.

●

"자신을 사랑하나요?"

누가 이렇게 묻는다면 나는 뭐라고 대답할까.

일단 반문할 것 같다.

"꼭 사랑해야 하나요?"

그리고 딱히 사랑하지 않지만

미워하지도 않는다고 대답할 것 같다.

자신을 사랑하지 않는 사람이라고 해서

반드시 불행한 것은 아니니까.

사랑 말고도 나에게 가질 수 있는 감정은 많다.

놀라움, 대견함, 또는 아무 생각 없음.

꼭 스스로를 사랑해야만

가치 있는 삶을 사는 건 아니다.

나를 사랑하는 일, 누군가를 사랑하는 일이

익숙하지 않은 사람도 있다.

자신을 사랑하는 마음으로 살아가는 태도는
소중하다. 자신을 아름답다 여기는 마음도 좋다.

하지만 이보다 중요한 것은
아름답건 아름답지 않건,
자신을 사랑하건 사랑하지 않건,
그저 존재하고 살아가는 것이다.
아름답지 않으면 어떤가.
내가 날 사랑하지 않으면 또 어떤가.

나는 내가 미워도 살 것이고, 좋아도 살 것이다.
나에 대해 딱히 이렇다 할 생각이 없어도
어떻게든 살아갈 것이다.
나를 사랑하지도, 아름답다 생각하지 않아도
하루하루 버티듯 살아가는 나를 존중하고 싶다.

새로운 가족은 내 의지로 만들고 싶다

초경을 할 때부터 생리통이 심했다. 양한방을 통틀어 안 해
본 치료가 없고, 안 먹어본 약도 없지만 딱히 나아지지 않았
다. 더 커질 질병을 대비하고자 정기적으로 자궁 검사를 받
고 있을 뿐이다. 이후 이상이 없는 것도 아니지만 수술이 필
요한 경우도 아니라는 이야기를 삼십 년째 듣고 있다.

몇 년 전부터는 스트레스 때문인지 노화 때문인지, 이상
현상이 더욱 선명하게 드러나 몇 차례 정밀 검사를 받았다.
(추적 검사는 여전히 진행 중이다.) 이제껏 여성의학 관련 검사
는 임신과 출산을 위한 검사 빼고 다 해본 것 같은데 못 받은
검사가 남아 있다니. 평소 아픈 걸 잘 참는 편이라 자신했는

데 진료대 위에 누워 있는 내내 비명을 질렀다.

"임신 계획 있으세요?"

검사가 끝나고 간호사가 물었다. 아니라고 대답하려 했지만, 질문에 다른 뜻이 있는 걸까.

"왜요?"

"임신 계획이 있으시면 당장 시도하시는 걸 추천해드려요. 가능한 한 빨리 하시는 게 좋아요. 시도하신다면 저희 병원 난임 클리닉으로 가시게 될 거예요."

"아, 네……."

그동안 의사에게 임신이 힘들 수도 있다는 말을 여러 번 들어왔지만, 그날따라 예사롭지 않게 들렸다. 만나고 있는 사람이 있어서였다.

결혼은 됐고, 연애만 하겠다고 결심했지만 나이가 찬(?) 두 사람이 만남을 지속하다 보면 자연스러운 듯 부자연스럽게 결혼 이야기가 나온다. 당시 애인은 결혼과 출산 및 육아를 기대하던 사람이었고 나는 아니었다. 그렇다고 헤어질 마음이 있는 건 아니어서 각자 다른 생각을 하면서 만남을 이어갔다.

그는 언젠가 내 마음이 변하리라 생각한 것 같다. 반대로 나는 그가 나를 제외한 모든 걸 포기하길 바랐다. 그러면서도 실제로 그가 나 때문에 자신의 인생 계획을 바꾼다면 부담스러울 것 같았다. 그렇다면 상대가 언젠가 결혼과 아이를 원하는 누군가를 만나게 되었을 때, 말없이 보내줘야 할까? 그럴 자신은 또 없었다.

연애 초반 같은 뜨거움은 없었지만 서로의 존재가 당연해지고부터는 함께 사는 것을 상상하게 됐다. 아이 낳는 일도 그려보았다. 점점 그렇게 살 수도 있겠다는 생각이 들었다. 좋아하는 사람을 만났잖아. 그는 나와 달리 아이를 좋아하고 결혼에 대한 희망도 있잖아. 이 사람과 함께라면 감당할 수 있지 않을까. 말도 안 되는 흐름이라 생각하면서도 그를 잃기 싫은 마음에 자꾸 합리화를 하게 됐다.

마음이 요동쳤다. 한 번도 기다려본 적 없는 기회가 사라질까 봐 초조해졌다. 아이를 낳아 기르는 사람들이 하던 말도 생각났다. 아이는 축복이야. 아이를 낳은 게 태어나서 제일 잘한 일 같아. 너도 겪으면 알게 될 거야……. 금지와 만족감이 반반 섞인 얼굴로 들려주던 감상들.

들을 때마다 나와는 상관없는 얘기라 여기면서도 마음 한 구석에는 묘한 패배감이 일었다. 나는 평생 저 기분을 알 수 없겠지. 지금은 괜찮지만 나중에 후회하지 않을까. 먼 훗날 생식 기능이 사라지고 나서 그래도 한번 시도해볼 걸 그랬다며 아쉬워하는 건 아닐까. 그동안 임신 및 출산과 관련된 모든 '만약에'는 나와 거리가 먼 가정이라고 생각해왔는데, 더는 피할 수 없을 만큼 가까이 다가온 느낌이었다.

집에 돌아와 엉엉 울었다. 원한 적도 없었던 것들을 급하게 선택해야 할 것 같아 조바심이 났다. 하고 싶지 않아서 안 하는 건 괜찮지만, 하고 싶어도 못 하는 건 다른 문제 아닌가. 나는 내 의지로 결혼과 출산을 안 하고 싶지, 못 해서 못 하는 건 싫어. 터무니없는 생각들이 어느새 반박 불가능한 논리가 되어 단단히 나를 옥좼다.

그날부터 결혼과 출산 계획에 사로잡혔다. 사람들이 비슷한 선택을 하고 살아가는 데엔 이유가 있을 거라며 익숙지 않은 공감을 하기 시작했다. 애인의 상황과 자격도 살피게 됐다. 지금은 이러이러한 사람이 결혼 후에는 어떤 파트너가 되고, 어떤 양육자가 될까. 나에게도, 아이에게도 괜찮은 사람일까. 아무리 따져봐도 점수가 석연치 않을 때에도 결론은 마련되어 있었다. '그래도 사랑이 있잖아. 그러니 괜찮을 거야.'

비혼과 비출산을 선택한다면 그에 따른 결과와 책임은 내 몫이다. 결혼과 출산을 선택하더라도 그 결과와 책임 역시 내 몫이 될 텐데, 당시에 그 생각만큼은 들지 않았다. 남들과 비슷한 선택을 한다면 그저 떠밀려 한 결정이었다며 변명할 구석이 생길 것 같았다. 이미 그렇게 사는 사람도 많잖아.

하지만 비혼과 비출산만큼은 다르게 느껴졌다. 무조건 나의 선택, 나만의 결정, 처음부터 끝까지 나 혼자 책임져야 할 미래 같았다. 실제로 비혼과 비출산은 '앞으로 더욱 적극적으로 혼자가 되겠다'라는 의지를 어느 정도 포함하고 있지 않은가.

그 미래를 내가 감당할 수 있을까. 그 선택을 책임질 수 있을까. 가족과 친지, 가까운 사람들, 얼굴을 모르는 다수의 타인들과 다른 삶을 제대로 꾸려나갈 수 있을까. 나이가 들어 결혼하고 싶어지면 어떡하지. 아이가 낳고 싶어지면? 그때 그 사람과 결혼할 걸 그랬다며 과거를 곱씹으며 노년을 보내는 건 아닐까. '혼자 사는 초라한 여자'로 생을 마감하는 건 아닐까……

상상은 이렇게도 구체적이고 구차하다. 개학 하루 전날, 밀린 숙제를 처리하는 아이처럼 마음만 분주할 뿐 현실감각은 없다. 그동안 내가 뭘 원했고, 뭘 지키려 노력했는지는 아무것도 아닌게 되어버린다. 그저 무언가를 놓칠 가능성이 있는, 뭐라도 냉큼 잡아야 하는 다급한 사람이 된다.

나도 나를 모르겠는 시간을 몇 개월쯤 보내고 나서 우리는 헤어졌다. 표면적으로는 '당신은 결혼을 원하고, 나는 그렇지 않으니 이쯤에서 그만하자'였지만 나에게 상상과 조바심을 몇 겹씩 안겨준 관계에 지쳐버렸다. 그러는 동안 마주한 나의 취약함. 관계가 주는 안정감을 지속하기 위해 원치 않는 미래를 선택할지도 모른다는 불안감. 결국 이별의 이유는 내가 나를 믿지 못한다는 사실이었다.

그 이후 다른 누구도 만난 적이 없다. 아직은 새로운 사람을 만날 생각도 없다. 다만 한 가지 결심한 것은 내 가족만큼은 내 의지대로 만들고 싶다는 것. 결혼이나 출산을 해야만 해서, 해야 할 것 같아서 하지는 않을 것이다. 적어도 내 가족은 스스로 내린 결정으로, 나의 신념으로 꾸릴 것이다.

생각을 정리하니 새로운 선택지가 있다는 걸 알게 되었다. 반려견을 새 가족으로 맞는 일. 그래서 나는 리나와 가족이 되기로 했다. 그렇게 하기로 스스로 결정했다.

가슴으로 낳아 지갑으로 키운다

집에 개가 쓸 만한 물건이라고는 하나도 없었기에 리나가 오기 전까지 반려견 물품을 준비해둬야 했다. 뭘 어디서 어떻게 사야 하는지 전혀 몰라서 주변 반려인들에게 도움을 받았다. 다음은 일주일에 걸쳐 사둔 물품들.

사료

배변패드

식기대, 밥그릇

강아지 방석

물티슈

장난감 여러 개

간식

이동 가방

산책줄 (가슴줄, 리드줄)

휴대용 물병

목욕 비누

목욕 수건

발 세정제

치약, 칫솔

치석 제거 껌

귀 청소액

눈물 세정제

미끄럼 방지 계단

방바닥 매트

심장사상충약

외부 기생충약

벌레 퇴치 스프레이

⋯⋯

인터넷으로 물품을 검색하고 결제하느라 며칠 밤을 새웠다. 이 주가 넘도록 현관문 앞에 택배 상자가 줄을 섰다. 꼭 필요한 것만 샀고, 사야 할 건 더 남아 있었는데도 지출액은 벌써 백삼십만 원. 내 두 달 치 식비쯤 됐다.

반려견은 돈으로 키운다는 말이 실감났다. 대부분 소모품이라 다 쓰면 또 그만큼을 사야 할 텐데, 만만치 않겠구나. 나 먹고살기 위해서가 아니라 개 먹여 살리기 위해 열심히 일해야겠구나……. 그동안 특별한 이유 없이도 일은 열심히 하는 것이라 믿어왔는데 이제는 확실한 이유가 생겼다. 나는 개 때문에라도 열심히 일해야 한다. 개처럼!

예상치 못한 지출이 늘어나는 걸 목도하면서, 나의 느슨한 경제 감각을 되돌아보게 되었다. 그동안 가계부라고는 써본 적이 없었고, 한 달에 얼마를 쓰면서 사는지도 잘 몰랐다. 돈이 없으면 어쩔 수 없는 거고, 있으면 조금 숨통이 트이네 정도만 느끼며 살았다. 돈에 대해서만큼은 세상 그 누구보다 해맑았다.

경제 감각은 책임감과도 직결된다. 내가 얼마를 벌고, 얼마를 쓰고, 또 어떻게 가계를 꾸려나가야 하는지 알지 못하고 계획하지 못하는 사람은 삶에 대해서도 비슷한 태도를 취한다. 부표처럼 이리저리 흔들리며 살게 된다. 내가 그랬다.

일이 있으면 하고, 없으면 놀고, 불러주는 데가 없으면 백수로 지내고, 돈이 없으면 부모님 댁에 들어가서 살고, 부모님 댁에서 살 수 없게 되면 친구네 얹혀살고, 주머니가 홀쭉해도 속이 상하면 술 마시러 가고, 스트레스를 받으면 쇼핑으로 푸는 식이었다. 그런 사람한테 책임감이라는 말은 도덕 책에나 등장하는 따분한 단어일 뿐이다. 철 지난 성장 드라마의 조연처럼 굴면서. "책임감, 그게 뭔데? 내 행복을 미래에 저당 잡히고 싶지 않아. 나는 당장 여기서 행복할 거야!"

내가 여전히 한 사람의 성인이 아니라 아직 덜 자란 딸 같은 느낌에 사로잡혀 있는 것도, 내 결정을 믿지 못한 채 누군가의 허락과 지지에 얽매이는 것도 다 삶을 스스로 일궈나간다는 실감이 없어서다. 그건 내 지갑 사정을 모르고, 돈을 모르기 때문이기도 했다. 경제를 모르는 사람은 자신의 앞날을 예측하지 못한다.

이렇게 답 없는 사람에게는 가끔 강제로라도 책임감을 부여하는 게 도움 될 때가 있다. 새 식구를 맞이해, 내 힘으로 돌보고 키워야 하는 상황이 되니 자연스럽게 내 경제 상황을 되돌아보게 되었다. 그러고 느낀 바는 이런 정신 상태로 어떻게 살아온 거지? 나란 인간은 그동안 얼마나 큰 행운에 둘러싸여 있었던 거지? 멀쩡히 살아 있는 게 용하네?

간만의 자기 성찰로 밤고구마 열 개를 섭취한 듯 속이 답답했지만, 이제부터라도 정신을 차리기로 했다. 근데 어떻게? 대체 뭐부터 하면 되지?

일단 급한 것부터 하자.

개 이름 짓기

조만간 내게 올 리나의 모든 것을 받아들이기로 마음먹었지만, 이름만큼은 받아들일 수 없었다. 평생 내가 가장 많이 부르게 될 이름, 하루에도 몇 번씩 외칠 그 이름이 리나라는 건 용납할 수 없다. 룰라의 채리나 씨 생각도 나면서…… 채리나 언니 참 좋아했는데 개 이름으로는 아니잖아…….

무엇보다 그 이름이 개의 외양과 전혀 어울리지 않았다. 리나는 검은 털에 통통하고 몸집이 조금 큰 데다 표정이 뚱한 강아지다. 개성 있는 외모를 가진 만큼 이름 역시 개성 있으면서 기억에 남고 의미 있으면서도 귀여운 걸로 지어주고 싶었다.

예전부터 언젠가 나에게 올 고양이, 강아지 이름을 지어두곤 했다. 더 좋은 이름이 떠오르면 생각해둔 이름을 지우고 새로운 이름으로 업데이트했다. 누군가가 키우는 개나 고양이 이름 중에 멋진 게 있으면 참고하기도 했다. 나에게는 리나를 만나기 전부터 '먼 훗날 나의 개 이름'이 몇 개 있었다.

새싹, 씨앗, 비누, 깨소금, 부추, 올리, 꾸벅, 풋콩……

새싹은 태명 같다는 이야기를 들었고, 씨앗은 호떡이냐는 질문을 받았다. 가장 끌리는 이름 중 하나는 깨소금이었는데, 고소하지만 세 글자라는 것이 좀 걸렸다. 그다음으로는 풋콩이 마음에 들었는데, 이 이름 가지고는 별다른 반응을 접하지 못했지만 내적으로 우선순위가 가장 높았다.

일본어로는 에다마메. 일본식 선술집에 가면 기본 안주로 자주 나오는 초록껍질콩이 우리말로 풋콩인데 나는 이것을 무척 좋아한다. 파릇함을 상징하는 초록색인 데다 보송보송 솜털이 나 있어 귀엽고, 어쩐지 희망차 보인다. 부드러우면서도 딱딱한, 아직 더 클 게 남아 있는 풋콩처럼 무럭무럭 씩씩하게 자라줬으면 하는 마음에서 풋콩이라는 이름이 딱일 것 같았다. 부르기 어렵긴 하겠지만.

부르기 어려운 이름으로 말하자면 내 이름만 한 게 있을까. 어린 시절 내내 내 이름이 싫었다. 특이하고 이상했다. 요즘도 이름 석 자를 말할 때마다 꼭 설명을 붙여야 한다. "김신회요. 은혜 혜 아니고 바다 해 아니고요, 회사 할 때 회요." 그런 내 습관을 잘 아는 후배 하나는 요즘도 나를 '회사 할 때 회 언니!'라고 부른다. 그렇게 용썼음에도 이름이 적힌 난에는 김신혜, 김신해, 김신애, 김신희 등 내 이름 아닌 이름만 있다.

하지만 이제는 이름을 지어준 부모님께 고맙다. 비슷한 이름을 별로 본 적이 없고(동명인 야구 선수가 있다), 이름이 독특하다는 말도 자주 듣는다. 무엇보다 뜻이 내가 하는 일과 잘 맞는 것 같다. 새로울 신新에 모을 회會. 새로운 것을 모으는 사람. 내가 새로운 이야기를 하는 이 일을 지치지 않고 계속할 수 있는 근거 같다. 내 이름과 뜻이 마음에 들고 나서부터는 이름대로 산다는 말을 맹신하게 되었다.

나의 강아지 이름도 특별하길 바랐다. 조금 어려우면 어때. 나만 잘 부르면 되지. 강아지만 알아들으면 되지. 흔하지 않고 조금 부르기도, 외우기도 어려운 '풋콩'이 어떨까.

허공을 향해 풋콩, 하고 불러보았다. 울림이 괜찮네. SNS에 올라오는 리나의 사진을 보면서 "풋콩아!"라며 말을 걸기도 했다. 오, 나쁘지 않다. 그렇다면 풋콩으로 결정!

이제 SNS 속 리나는 풋콩으로 보인다. 나의 처음이자 마지막 개일 리나는 그날로 풋콩이 됐다.

첫 만남

구리나 현 풋콩이 오기로 한 전날 밤, 도무지 잠이 안 왔다. 꼭 필요한데 빼먹은 물품은 없는지, 배변 패드는 어디에 깔아야 할지, 밥 먹는 공간은 어디로 정해야 할지 몇 번씩 체크하고 재고했다. 반려견의 3대 업무는 먹기, 자기, 싸기. 잠자리는 풋콩이 고르겠지만, 화장실과 식사 공간은 미리 정해줘야 할 것 같았다.

반려견의 화장실과 식사 장소만큼은 최대한 방해받지 않는 곳으로 정해야 배변 교육도 원활하게 할 수 있고, 개 역시 차분히 식사에 집중할 수 있다. 배변할 때는 몸을 움직일 수 없고 뒤를 돌아볼 수도 없기 때문에, 개에게 배변은 연약함을 드러내는 행위다. 그래서 개들은 배변할 때 주변을 경계하는 습성이 있다.

먹이를 지키는 일은 동물의 또 하나의 본능인 만큼 먹을 때 누군가가 쳐다보거나 다가오거나 말을 걸면 먹이를 빼앗아 갈 거라 여겨 예민해지거나 난폭해지기도 한다. 적어도 개가 눌 때나 먹을 때만큼은 최대한 몰입할 수 있게 조용하고 편안한 환경을 만들어주어야 한다는 이야기를 여러 번 들었다.

고민 끝에 배변 패드는 옷방과 침실 두 군데에 깔아놓았고, 차차 적응하면 침실의 배변 패드는 치우기로 했다. (반려인들이 추천하는 베란다나 화장실은 고려하지 않았다. 봄과 가을을 제외하고 베란다는 춥거나 덥다. 나라도 그런 데서 용변 보기 싫을 것 같았다. 화장실은 왜 제외했느냐 하면 나는 화장실에 대한 결벽증이 있어서 화장실에 비누나 락스, 향초 이외의 냄새가 나는 걸 견디지 못한다.) 밥은 부엌 냉장고 아래에서 먹는 게 좋을 것 같았다. 냉장고 앞에 새로 산 식기 세트를 놓고 나니 그럴싸해 보였다.

며칠 후, 임시보호자님에게서 연락이 왔다. 풋콩이 유난히 차 타는 걸 무서워하고, 사람이 많은 곳을 두려워한다고 하셨다. 첫 위탁처에서 임시보호자님 집으로 가기 위해 차를 탔을 때, 침을 너무 많이 흘리길래 멀미를 하나 싶었지만,

여러 번 차를 태워봐도 두려워하는 게 나아지지 않는 걸 보니 트라우마가 있는 것 같다는 말씀이었다. 얼마 전에는 산책하는 길에 동네 동사무소 앞까지 갔는데 사람들이 몰려 있는 걸 보고는 갑자기 우뚝 멈춰 서더니 침을 질질 흘렸다고 한다.

그때 모습이 찍힌 사진을 보자마자 말문이 막혔다. 두려움에 질린 풋콩의 눈에는 눈물이 그렁그렁했고 입 밖으로는 침이 폭포수처럼 흐르고 있었다. 동사무소 앞에서 찍은 사진도 마찬가지였다.

풋콩이 거쳐온 시간이 상상됐다. 이 아이는 버림받을 때 차를 타고 갔던 걸까. 사람들이 바쁘게 지나다니는 곳에 홀로 떨궈져서, 사람들이 모인 것만 봐도 두려움에 떨게 된 걸까. 태어난 지 일 년 정도밖에 안 된 강아지가 대체 어떤 시간을 겪어온 걸까. 누군가가 가슴 깊은 데를 칼로 북북 긋는 것 같았다.

사진들을 보면서 마음속으로 약속 하나를 했다. 당분간 차 타지 말자, 풋콩아. 사람 많은 데도 천천히 가자. 그러는 동안 두려운 상황 앞에서 얼어붙을 개보다 그걸 마주할 내가 더 두려움에 떨고 있다는 게 실감 났다. 어휴, 또 시작이네. 두근거리는 가슴을 진정시키며 억지로 눈을 붙여 잠을 청했다.

아침. 때꾼한 눈으로 집 안을 어슬렁거리며 더 해야 할 건 없는지, 놓친 건 없는지 살폈다. 여러 번 걸레질해 미끄러질 듯 윤이 나는 거실 바닥 위에는 미끄럼 방지 매트가 듬성듬성 깔려 있었다. 배변 패드와 식기는 제자리에 놓여 있고, 장난감도 있다. 오자마자 줄 사료와 간식도 잘 챙겨두었다. 물건들은 준비된 것 같은데 정작 나는 준비되어 있는가.

모르겠다. 부랴부랴 세수하고 거울을 보니 살면서 처음 본 표정을 한 인간의 퀭한 얼굴 하나가 떠 있었다. 두렵지? 근데 너무 두려워하지 마. 이미 벌어진 일이야. 자신 없어도 일단 해봐야지, 안 그래?

일이 닥치기 전부터 상상하고 걱정하고 불안해하는 게 주특기인 나에게 평소 혼잣말을 자주 한다. 두려운 건 알겠는데 너무 두려워하진 마. 어떻게든 감당할 수 있을 거야. 네가 상상하는 것만큼 끔찍한 일은 일어나지 않을지도 몰라……. 책임감 제로에 비관적이기만 한 인간에게 억지로 희망을 주는 수법이다. 이제껏 이런 시간을 수백 번쯤 가졌기에 새로운 시작을, 예상치 못한 부대낌과 좌절을, 내 뜻 같지 않은 결과를 그럭저럭 감당해왔다. 이번에도 그럴 수 있을까.

잠시 후, 임시보호자님이 집 앞 주차장에 도착했다는 연락이 왔다. 서둘러 산책줄을 챙기고, 겉옷을 걸쳐 입고 나갔다. 달리듯 걷다 보니 저 멀리 본 적 없는 승용차와 사람 모습이 보였다. 품 안에는 커다란 검은 개가 '난 아무것도 모르겠어요'라는 표정으로 헥헥거리고 있었다. 네가 리나……
아니, 풋콩이니……. 푸, 풋콩아…….

무서운 개가 왔다

울산 공항에 버려진 후 울산 시보호소에 머물며 입양을 기다렸지만, 새로운 가족을 만나지 못해 안락사를 앞두고 있던 한 살 추정 강아지. 리나는 2020년 2월, 한 유기견 보호 및 입양 단체에 구조되었다. 녹슬고 오물이 가득한 철창 안에서 사람을 보자마자 방방 뛰고 혀를 내밀며 반가워하던 활발한 아이였다. 발견 당시 저절로 뒷다리 관절이 빠질 정도로 슬개골 탈구가 심각해 구조 직후 큰 수술을 받았고, 임시보호처에 머물며 입양을 기다리고 있었다.

두 달 뒤, 겹겹의 고민과 걱정과 처음부터 다시 생각하기의 시간을 거쳐 리나는 나에게 왔고, 풋콩이 되었다. 그날부로 우리는 1인 1견 가구로 거듭났다.

어느새 나는 '풋중(풋콩중독)'이 되어 모든 생활을 개에게 맞췄다. 개가 원하기도 전에 산책하러 나가고, 간식을 챙겨주고 밥을 차려주면서 어떻게 하면 풋콩이 이 집에 빨리 적응할지 골몰했다. 풋콩이 나를 좋은 보호자로 여기기를 바랐다. '나는 너에게 무한한 애정만을 베푸는 사람이야. 어때?'라고 질문을 퍼붓듯 잘해주었다. 그럴수록 풋콩은 말을 듣지 않았다. 시도 때도 없이 짖고, 성질부리고, 요구를 들어주지 않으면 으르렁거렸다. 마음에 들지 않는 상황에서는 이빨을 드러내며 달려들었다.

풋콩이 집에 오고 나서 처음으로 목욕시키던 날, 욕실에 들이고 문을 닫자마자 풋콩은 흥분하기 시작했다. 그동안 여러 번 재생했던 유튜브 동영상 '강아지 처음 목욕시키기'에서 본 대로 뒷다리부터 조금씩 물을 묻혀보았다. 하지만 풋콩은 점점 더 흥분하더니 몇 번이고 몸을 세게 흔들며 물을 털어냈다. 천천히 다가가는 나를 보고는 뒷걸음질을 쳤다.

"괜찮아. 이거 봐, 아무렇지도 않지?"

침착함을 가장하며 조금씩 몸에 물을 묻히려 하니 이빨을 드러내며 몸부림을 쳤다. 처음 보는 모습에 놀란 내 몸은 얼음이 됐다. 그러자 풋콩은 연거푸 짖다가 욕실 문을 벅벅 긁고는 변기 뒤로 숨고 나오기를 반복하다 좁은 욕실 안을 마구 뛰어다녔다. 한참을 기다렸지만 점점 과격해지는 모습에 낮은 목소리로 "안 돼"라고 말하니 더 심하게 흥분했다.

몇 분 뒤, 욕실 문을 열어서 나가게 해주었더니 젖은 몸으로 수십 분 동안 온 집 안을 뛰어다녔다. 중간중간 나를 향해 짖고 이빨을 드러내며 한 번만 더 다가오면 가만 안 있겠다는 듯 위협했다. 그 모습에 얼이 빠져 바닥에 풀썩 주저앉았다. 무서워…….

처음으로 개의 눈 돌아간 모습을 마주하고 덜덜 떨었다. 이러다 물리는 건 시간문제겠는데. 온몸 가득 느껴지는 공포와 함께 이어진 생각은, 내가 이런 애를 감당할 수 있을까. 계속 키울 수 있을까. 그렇게 걱정해온 '도망치는 버릇'이 꿈틀댈 준비를 하고 있었다.

그날 밤, ㅈ에게 전화해 눈물을 참으며 답답함을 토로했다. 이런 일이 있었다고, 너무 무섭고 당황스럽다고 말하는 나에게 ㅈ은 어떤 말을 해줘야 할지 난감해하는 눈치였다. 기나긴 통화를 마치고 나서도 마음은 진정되지 않았다. 이후에도 한참 난리를 치던 풋콩은 제풀에 지쳐 부엌 바닥에 엎드려 잠이 들었다.

그래, 그냥 그렇게 내일까지 자. 적어도 오늘만큼은 너 안 보고 싶어. 밤 열 시도 안 된 시간이었지만 침실로 들어갔다.

풋콩은 내가 방으로 들어가는 기척을 듣고도 그 자리에 그대로 엎드려 있었다.

침대에 누워 이불을 뒤집어썼지만 또렷한 머릿속에서는 온갖 생각들이 뛰어다녔다. 목욕 하나 못 시키는 인간이 무슨 개를 키운다는 거야. 이런 일 하나에도 벌벌 떠는데 앞으로 그 많은 일들을 어떻게 감당할 거야. 그렇게 개를 무서워하면서 혼자서 키우겠다고 생각하다니 제정신이야?

줄줄이 이어지는 잔소리에 대꾸할 기운도 없어서 서둘러 불을 끄고 눈을 감았다.

다음 날 아침까지 풋콩은 내게 조금도 가까이 다가오지 않았다.

강아지에게조차 미움받고 싶지 않다

풋콩을 입양한 후 심리 상담 내용은 풋콩과의 새로운 생활에 대한 이야기가 주를 이뤘다. 그날도 나의 일과를 가만히 듣던 선생님은 말씀하셨다. "신회 씨는 풋콩이를 그야말로 애지중지하네요."

애지중지······. 한동안 들어본 적 없는 올드한 단어에 웃음이 새어 나왔다. "푸흡. 그런데 개 키우는 사람은 다 비슷하지 않나요?"

"그런가요?"

"네. 그런 것 같은데요. 선생님도 개 키우신 적 있잖아요. 안 그러셨어요?"

"저는 안 그랬던 것 같아요. 그냥 밥 주고, 시간 되면 산책 가고 안 되면 못 가고 그랬죠."

"저도 그러고 있는 것 같은데요?"

"그런가요? 제가 봤을 때 신회 씨는 풋콩이가 너무 귀해서 어쩔 줄을 모르고 있는 것 같은데요?"

"아……."

"풋콩이가 그렇게 사랑스럽나요?"

"음…… 사랑스럽죠……. 그런데……."

"……."

"……부담스럽기도 해요."

"부담스럽기도 하군요."

"네. 제 생활이 없어졌으니까요."

"본인 생활이 없어졌군요."

"네, 풋콩이한테만 너무 매달리고 있는 것 같아요……."

여느 때와 마찬가지로 스스로 답을 찾아가는 과정을 기다려주는 선생님 앞에서 자연스레 지난 몇 주를 돌아보게 됐다. 나는 풋콩이가 사랑스러워 어쩔 줄 모른다기보다, 좋은 보호자가 되지 못할까 봐 어쩔 줄 몰라 했다.

통제 불가능한 풋콩을 볼 때마다 나의 무능력과 마주하는 것 같았다. 모든 상황은 내가 얼마나 부족하고 한심한 사람인지 상기시켰다. 그러다 보면 이런 내가 덜컥 개를 입양했다는 사실에 환멸이 느껴지고 좌절감이 엄습했다. 모든 감정은 나에 대한 자책으로 귀결되었다.

나도 날 못 믿겠는데 이 개가 나를 믿을까. 얼마 안 가 나의 모자람을 알아채는 건 아닐까. 보호자라는 인간이 아는 것도 없고, 경험도 부족하고, 실수만 한다며 얕잡아 보는 건 아닐까. 그러다 나를 미워하는 건 아닐까.

잠시 시간을 두고 선생님은 말씀하셨다.

"풋콩이를 대하는 신회 씨 모습은, 그동안 신회 씨가 가까운 사람들과 맺어온 관계와도 닮아 있다는 생각이 들어요. 풋콩이를 애지중지하며 어쩔 줄 몰라 하는 모습이 무조건 헌신하고 배려하다가 먼저 지치고 나가떨어지던 모습과도 비슷한 것 같아요. 풋콩이에게 그렇게 헌신적으로 대하는 이유가 있을까요?"

"음…… 글쎄요."

"너무 예뻐서 그런 걸까요?"

"예쁘긴 한데, 힘들 때는 예쁜 것도 모르겠어요. 특히 목욕시킬 때는 진짜 무서웠어요."

"무서웠군요……."

"네, 풋콩이가 진짜로 절 해칠 것 같았거든요……."

"해칠 것 같았군요."

"네…… 아직도 그날을 생각하면 무서워요……. 저는 아직도 개를 무서워하는 것 같아요.”

“개를 무서워하는군요.”

“네……. 그래서…… 그래서 더 잘해주는 것 같아요.”

“무서워서 잘해주는 것 같군요. 무서운데도 잘해주는 이유가 있을까요?”

“음…… 제 두려움을 잘해주는 걸로 무마하는 것 같아요. 속마음을 들킬까 봐요. 저는 아직 풋콩일 온전히 좋아하지 못하고 심지어 무서워하는데, 그걸 알면 풋콩이가 우리 집에 적응하지 못할 것 같아요. 저한테 먼저 여유가 생겨야 풋콩이도 제게 적응하지 않을까 싶은데…….”

머릿속에서 번쩍, 불 하나가 켜졌다.

정신과 전문의이자 작가 문요한은 그의 책에서 ‘미숙한 착함’에 대해 이야기한다. ‘마음이 어질고 선하다는 의미’의 ‘성숙한 착함’과 다르게 ‘미숙한 착함’은 아이가 어른에게 하는 ‘순응’과 닮았다고 지적한다.

> (미숙한 착함을 가진) 이들의 친절은 스스로 인정하든 인정하지 않든 늘 보상을 요구한다. 자신의 배려와 마음 씀에 대해 상대가 어떤 식으로든 인정이나 보답을 해주기를 바라는 것이다. 그 기대가 채워지지 못하면 이들은 상처를 받는다. ……

이들은 상대의 동의를 구하지 않고 과잉친절을 베풀어 인간
관계를 일종의 채무관계로 만들어버리는 재주가 있다. 그리
고 상대가 벗어나지 못하도록 계속 친절을 베풀어 빚을 늘려
놓는다.

문요한, 『관계를 읽는 시간』(더퀘스트, 2018) 중에서

나 역시 인간관계에서 '착함'을 무기로 사용했다. 말로는
"하고 싶어서 해주는 거야"라고 하면서도, 그걸 받은 상대
가 나를 외면하거나 거절할 리 없다고 믿었다. '이만큼 잘해
주면 나를 좋아하겠지. 우리는 더 가까워지겠지'라는 바람
으로 더 많이 주고, 더 많이 쏟아부었다.

하지만 기대가 번번이 충족될 리 없어서 자주 배신감을
느끼거나 공허함을 맛봤다. 그러면서도 내가 잘하는 건 정
성을 쏟아붓는 일이라는 걸 알았기에 마음을 다잡고 또 한
번 착해졌다.

풋콩을 대할 때도 비슷했다. 반려견을 만나자마자 저절
로 애정이 샘솟는 보호자가 되어야 한다고 믿었다. 오랫동
안 기다려온 존재에게 한없이 사랑을 퍼부으며 또 하나의
거래를 준비했다. 내가 이만큼 잘해주면 너도 날 믿을 거지?
내 말을 잘 들을 거지? 날 외면하지 않을 거지?

하지만 아직은 풋콩이 귀엽지만은 않다. 잘 모르겠고 두

려운 순간이 더 많다. 그걸 인정하기 싫어서 무조건 잘해주며 '나는 너를 이렇게 사랑한다!'를 주장하고 있었던 걸까. 행여나 풋콩이 나를 거부할까 봐, 미워할까 봐. 혹은 나를 해칠까 봐, 인간관계에서 쉽게 움츠러들고 그런 만큼 무리하던 모습이 반려견 앞에서도 나오고 있었다.

상담을 마치고 돌아오는 길에 깨달았다. 나는 개한테조차 미움받는 일을 두려워하는구나. 태어나 처음 해본 개 키우는 일에조차 완벽함을 기대하고 있구나. 풋콩이는 훌륭한 강아지여야 해. 나 역시 완벽한 보호자여야 하지. 어디서 왔는지 모를 기대와 믿음으로 가득 찬 마음은 찰랑찰랑 넘칠 듯 한계의 신호를 보내고 있었다.

이 모든 걸 똑똑하고 눈치 빠른 개가 몰랐을 리 없다. 나의 예민함은 예민한 풋콩에게도 고스란히 전해졌을 거다. 이미 집 안에는 날 선 분위기가 감돌았는지도 모른다.

그동안 대체 난 뭘 하고 있었던 거지?

'유기견은 경력직이다.'

새벽까지 잠이 오지 않아 트위터를 둘러보던 중
발견한 글에 머릿속이 새하얘졌다.
아무것도 모르고 날뛰는 풋콩을 거두느라
고생하고 있다고 믿어온 내 머리 위로
누군가가 찬물을 끼얹는 느낌이었다.
그렇지, 풋콩이도 경력직이지.
아무것도 모르는 건 풋콩이 아니라 나지.
풋콩은 이제껏 나 말고도 많은 사람들을
만나고 겪어왔겠지만
나는 개라곤 풋콩이밖에 모르잖아.
내가 신입이지, 풋콩이가 아니라.

이제껏 내가 참은 것보다 풋콩이가 참은 것이
더 많을지도 모른다는 생각이 처음으로 들었다.
이름만 보호자일 뿐,

툭하면 당황하고 놀라고 쭈뼛거리는 인간에게

겨우 한 살짜리 강아지가 적응하느라

더 많이 기다렸을지도 몰라.

글은 말하는 것 같았다.

너 잘 못하는 거, 잘 모르는 거 개도 다 알아.

근데 그렇다고 해서 개는 널 미워하지 않아.

원망하지 않아. 그러니까 천천히 해도 돼.

개는 너를 처음 만났을 때부터

계속 너를 기다려주고 있었어.

하염없이 눈물이 났다.

어느새 풋콩은 내 발치에서 잠들어 있었다.

조용히 다짐했다.

나, 다시 해볼게.

처음부터 다시 시작해볼게.

연애노력주의자

풋콩과 지내다 보니 책임감에 대해 자주 떠올리게 된다는 내 말에 친구 ㄹ이 이야기했다. "언니, 나는 언니의 책임감 하면, 가장 먼저 떠오르는 게 있는데."

"뭔데?"

"언니가 전 애인 만날 때, 했던 말 기억나요? 이 관계를 위해 노력할 거라는 말이요. 저는 그 말이 이해가 안 갔거든요. 저한테 사랑은 노력해서 되는 게 아니니까요. 사랑은 감정이잖아요."

묵묵히 듣고 있는 내 앞에서 ㄹ은 말을 이어갔다. "전 그게 언니의 책임감이라고 생각했어요. 관계에 대한 책임감."

"그런가. 나는 두려움이라고 생각했는데. 두려워서 헤어지지 못하는 거 있잖아."

"전 책임감이라고 생각했어요. 저라면 언니처럼 못 할 것 같았거든요. 관계를 위해 노력한다는 말. 사랑하기로 결정했다는 말. 그게 조금 충격적이면서도 '아, 언니는 관계에도 책임감을 느끼는 사람이구나' 했어요."

그럴까. 과연 그게 책임감이었던 걸까.

가장 최근에 헤어진 애인과는 만나는 내내 소동이 많았다. 헤어지지도 못하면서 이별에 대해 자주 상상했다. 그 시점에서 이미 틀려먹은 관계라는 걸 알았지만 모른 척하고 싶었다. 헤어지는 일에는 큰 에너지가 든다. 당시 나는 에너지 고갈 상태였다. 그럴 때는 연애를 하면 안 되는데, 그런 때일수록 관계에 더 매달리게 된다.

그는 외국에 살고 있었기 때문에 우리는 긴 시간 동안 장거리 연애를 했다. 몇 달 후 그는 한국에 있는 직장을 얻어 이곳으로 왔다. 그리고 우리의 밝은 미래를 하나하나 그렸지만 나는 그가 다시 한국에 오기 전부터 마음이 예전 같지 않았다.

그를 맞으러 인천공항에 갔을 때 실감했다. 출국장을 빠져나오는 그의 모습에 하나도 설레지가 않았다. 하지만 이

관계를 위해 먼 길을 달려온, 살 곳과 직업마저 바꾸겠다고 결심한 사람 앞에서 그 말을 할 수는 없었다. 돌덩이 같은 마음을 끌어안은 채 '노력해보기로' 했다. 그가 이 관계를 위해 애를 쓴 만큼 나도 그래야 한다고 생각했다.

가끔 마음이 답답할 때면 이 사람과 헤어지면 좋을 점, 안 좋을 점에 대해 수첩에 썼다. 그렇게라도 눈에 보이는 항목들로 내 마음과 이 관계에 대해 일목요연하게 정리해보고 싶었다. 수첩에는 그와 헤어져야 할 이유들이 줄줄이 적혀 있었지만 헤어지지 못하는 이유는 딱 하나였다. '분명 힘들 것이다.'

이미 아는 진심을 얼버무리느라 그에게 더 잘해주었다. 한 번 더 '미숙한 착함'을 발휘했다. 마음에 들지 않는 게 있어도 이해하려 노력하고, 그의 입장이 되어보려 애쓰고, 내 상식과는 다르게 행동하는 그를 보며 뭔가 다른 사정이 있을 거라 받아들였다. 더 배려하고 양보하면서 나를 위해 여기까지 온 그를 열심히 돌보았다. 그를 위해서가 아니라 나를 위해서 그랬다.

자신을 돌보는 방법을 모르는 사람은 나를 돌보는 대신 누군가를 돌본다. 나에게 가장 좋은 사람이 되고 싶다는 마음이 타인에게 헌신하는 태도로 표현되는 것이다. 내 눈에 유난히 안쓰럽고 짠한 누군가가 있다면 그의 모습에서 나를 보고 있는 것. 심리학에서 말하는 투사(자신의 감정이나 문제를 상대방 탓으로 돌리는 것)와 전이(과거 경험한 주요 인물과의 관계를 다른 사람과의 관계에서 재현하는 것)가 이에 해당한다.

도움이 필요한 나 대신 누군가를 도움으로써 자신의 문제가 해결된 것 같은, 때로는 더 나은 사람이 된 것 같은 감정도 맛본다. 실제로 그 경험이 절망에 빠진 나를 일으킬 때도 있다. 하지만 자신을 구원할 수 없는 사람은 남도 구원할 수 없다. 애초부터 삶이란 나 하나 잘 사는 것만으로도 버거운 일 아닌가.

답 안 나오는 연애를 이어가는 동안 곁에서 가장 힘이 되어준 친구가 ㄹ이었다. 애인과 같이 만나기도 했고, 관계에 대한 고민을 털어놓을 적에도 가만히 들어주었다. 미래가 없는 관계는 제삼자가 먼저 알아보는 법. ㄹ 역시 나에게 맞는 결정이 무엇인지 알고 있었지만, 그저 내가 힘들 것 같다고만 했다. 그 말을 들을 때마다 변명했다. "나는 그를 사랑하기로 결심했어. 이 관계를 위해 노력하는 거야." ㄹ은 온 얼굴로 이해할 수 없다는 표정을 지으면서도 고개를 끄덕거렸다.

노력해보겠다는 말은 헤어지기 두렵다는 말이었다. 나는 외롭고, 그를 잃으면 더 외로울 것이고, 내겐 기나긴 허우적

거림의 시간을 감당할 힘이 없다는 뜻이었다. 적어도 노력하는 중에는 뭐라도 하는 사람이 되니까, 힘이 있는 사람이 된 것 같은 착각을 하게 되니까. 그래서 끊임없이 노력했다. 하지만 노력으로 유지되는 관계는 길게 가지 않는다. 발전 가능성과 미래가 없는 관계는 쉽게 지친다.

전부터 ㄹ이 옳다는 걸 알고 있으면서도 '혹시'를 생각했다. 그 '혹시'는 나에게 주는 유예기간이었다. 노력하면 혹시 좋아질지도 몰라, 조금만 더 기다려보면 나아질지도 몰라. 이별을 두려워하는 나에게 시간을 더 주는 셈 치고 노력을 결심하고 실행한 날들. 그러느라 잔뜩 지친 내가 먼저 나가떨어졌다.

결국 그와는 헤어졌다. 노력해도 안 되는 일이 있어서 둘 사이는 자꾸 덜컹거렸고, 대부분의 헤어짐이 그렇듯 구질구질함만을 남겼다. 좋았던 기억만 안고 가자고 다시 한번 '노력'했지만 차라리 빨리 잊는 게 좋을 관계였다. 그때도 ㄹ은 묵묵히 내가 괜찮아지기를 기다려주었다.

오랜만에 ㄹ의 입에서 나온 나의 그때 그 말을 들으면서 생각했다. 그래, 그 시간도 필요했던 거지. 그래서 조금이나마 가뿐해진 거지. 어느새 나는 관계에 노력 같은 거 안 하는 사람이 됐다. 누구든 갑자기 나에게 올 수 있었던 것처럼, 언제든 떠나갈 수 있다는 것을 알아버렸다. 그런 게 관계라는 걸 알게 되었다. 그때 그 시간이 없었다면 깨닫지 못했을 것들이다.

가끔 그때를 떠올리면서 내가 책임지려고 했던 무언가를 생각한다. 상대의 단점 앞에 눈을 감는 것. 하고 싶은 말을 참는 것. 내 마음에 거짓말하는 것. 그럼으로써 관계를 내려놓지 않는 것. 그러느라 너덜너덜해진 마음마저 감당하는 것. 이제 그런 거 안 하고 싶다. 관계 또는 누군가를 책임지기에 앞서 필요한 것은 먼저 내 마음에 책임감을 갖는 일이니까.

이렇게 말해놓고도 언젠가 노력하고 싶은 누군가를 만나면 다시 노력할 것이다. 나는 그런 사람이다. 그래도 당분간은 나를 위해 노력해야지. 외로움에 필요한 건 누군가가 아니라는 걸 알게 되었으니까. 누군가가 있어서 외로운 것보다 없어서 외로운 게 더 낫다.

나는 만날 사람을 스스로 선택할 수 있다

집에서 온라인 북토크를 보는데 거기 출연한 작가(정확히 말하면 '요조')가 이런 말을 했다. "코로나로 인해 내가 좋아하는 사람이 누구인지 더 극명해지는 느낌이에요. 굳이 안 만나고 싶은 사람에게는 '코로나 좀 잠잠해지면 보자'라고 말하고 만남을 미루게 돼요. 마법의 문장이죠."

이 자식. 그 말에 내적 좋아요 버튼을 열 번쯤 누르게 됐다. 코로나19로 인해 아무리 바깥 활동이 힘들어지고 사람들과의 만남이 줄어도 보고 싶은 사람은 어떻게든 만나게 된다. 반면, 안 만나도 딱히 지장 없는 사람들은 그를 핑계로 더 안 만나게 된다. 그런데도 그동안 왜 만나고 살았느냐 하면 당시에는 '코로나 좀 잠잠해지면 보자' 같은 매직 워드가 존재하지 않았기 때문이다.

아무리 알 거 다 안다는 어른이 돼도 인간관계에 대해서는 대부분 우유부단한 것 같다. 거절하는 게 힘들고, 욕먹을까 두렵고, 사이가 소원해질까 봐 걱정한다. "난 그런 거 신경 안 써!"라고 말하는 사람들도 있지만 그 말을 할 때조차 신경 쓰고 있다는 거 티 난다. 진짜 신경 안 쓰는 사람은 그런 말도 안 한다.

나는 어렸을 때부터 가족들보다 친구들을 더 좋아해서, 엄마 말은 안 들어도 친구 말은 잘 들었다. 하늘하늘 습자지 같은 내면에 친구들의 영향이 그대로 투영되었다. 친구가 좋다고 하는 걸 나도 좋아하고 친구가 미워하는 것을 덩달아 미워하면서, 그게 다 내 선택이고 취향이라 믿었다. 휩쓸리기 쉬운 성격이었다. 겁이 많아서 그랬던 것 같다.

그만큼 사람에 욕심이 많고 염려도 미련도 많은 타입이라 딱히 끌리지 않아도 만나자고 하면 나가고, 모두가 모이는 자리에는 꼭 얼굴을 비쳤다. 별로 내키지 않는 술자리도 처음부터 끝까지 자리를 지키고, 안 만난 지 좀 됐다 싶은 친구들에게는 먼저 연락해 약속을 잡았다. 그런 게 다 인간관계의 지혜라고 여겼다. 다들 만나고 싶은 사람만 만나고 사는 건 아니라고, 사람의 인연이라는 게 언제 어떻게 될지 모른다고 생각했다.

하지만 요즘은 그동안 믿어온 인간관계에서의 책임감은 '모든 관계에 완벽할 것'과 다르지 않았다는 걸 느낀다. 늘 좋은 친구가 될 것. 좋은 가족, 좋은 연인일 것. 그 믿음으로 스스로를 죽이면서, 그러느라 상대방을 탓하면서 어딘가 아귀가 맞지 않는 사이를 외면해왔던 거다. 사람들에 둘러싸여 있으면 적어도 혼자는 아니니까, 누군가와 함께라면 나 혼자만 이상한 게 아니라 같이 이상한 거니까 괜찮다고 안심하면서.

이제는 좋은 친구가 있으면 좋지만, 없어도 어쩔 수 없다는 생각이 든다. 좋은 친구를 만나거나 좋은 친구가 되려고 노력하는 것보다 친구 없이도 잘 지내는 게 더 중요하다. 큰 감동을 주고받는 사람이 아님에도 '내 친구들'의 범주에 넣어 만나야 할 것 같아서 만나고, 연락해야 할 것 같아서 연락하는 일에 지친다. 서로를 마음에 품고 있는 사이라면 오랜만에 만나도 반갑고, 절로 안부가 궁금해져 자연스럽게 연락하게 되니까. 거기까지 안 가는 사람은 그저 '아는 사람'이다.

꼭 만나고 싶은 사람만 가끔 만나다 보니 만남 하나하나에 집중하게 되었다. 만났을 때 건강한 기운을 전해주는 사람, 배울 점이 있는 사람, 사소한 감동을 나눌 수 있는 사람,

별 이야길 안 했는데도 웃음이 끊이지 않는 사람. 그런 사람들과 함께하고 돌아오는 길은 대화에 너무 집중해 몸이 다 노곤해지지만, 자려고 누울 때면 기분 좋게 가슴이 두근거린다. 금세 시간을 내 또 만나고 싶어진다.

반면, 만날 때마다 우울한 이야기로 분위기를 끝도 없이 처지게 만드는 사람, 말끝마다 누군가를 조롱하거나 흉보는 사람, 자기 이야기만 주야장천 떠드는 사람, 뭘 권해도 무덤덤하거나 '난 아무거나 좋아'라고 말하는 사람과는 점점 만나는 횟수를 줄이게 된다. 나도 모르게 마법의 문장을 사용하면서. "코로나 좀 잠잠해지면 보자!"

긴 시간 동안 인간관계를 둘러싸고 벌어지는 모든 감정과 상황을 컨트롤하고 싶었지만 그게 될 리 없었다. 애초에 사람, 그리고 마음이라는 게 컨트롤할 수 있는 게 아니다. 이 당연한 사실을 깨닫는 데 오랜 시간이 걸렸다. 이제 내 곁에는 소수의 사람만 남았지만 그들 역시 언제고 나를, 나 역시 언제든 그들을 떠날 수 있다고 생각한다. 내가 이런 생각을 할 수 있는 사람이라는 걸, 몇 년 전까지는 상상도 못 했다.

이 생각은 '나는 만날 사람을 스스로 선택할 수 있는 사람'이라는 믿음에서 왔다. 행여나 사이가 멀어질까 봐, 그래도 오랜 친구니까, 나 끌리는 대로 하면 욕먹을까 봐 따위의 걱정으로부터 자유로워지고 싶다.

마음이 액체처럼 흐르고 멈추고 말랐다가 불어났다가 차가웠다가도 뜨거워지는 것처럼 관계도 마찬가지다. 그 안에서 이리저리 휩쓸려 다니기보다, 원할 때는 몸을 담가보고, 가끔은 수영도 했다가 물장구도 쳤다가 천천히 걸어보기도 했다가, 다 별로일 때는 훌쩍 빠져나와 물기를 털어내는 용기를 갖고 싶다.

관계에도 산뜻함이 필요하다. 그러다 정 안 되겠으면 다시 질척거리면 되는 거고.

하루 다섯 번 작은 책임감

아침 일곱 시 반이 되면 풋콩은 쉬를 한 다음 부리나케 침대 위로 올라온다. 자는 내 얼굴 앞에 복슬복슬한 엉덩이를 갖다 대고, 앞발로 내 손등을 툭툭 치거나 혀로 얼굴을 핥는다. 반응이 없다 싶으면 낑낑거리기 시작한다. 몇 분을 버티다 행여 더한 상황이 연출될까 봐 부랴부랴 일어나면 풋콩은 온 얼굴로 말한다. "밥 먹을 때 됐는데요."

풋콩과 살고 나서부터 기상 알람을 맞춰놓은 적이 없다. 알람보다 빠르고 정확한 '풋콩배꼽시계'가 있기 때문이다. 풋콩은 매일 비슷한 시간에 다가와 밥그릇을 내놓으라고 요구한다. 내가 전날 몇 시에 잤든 몸이 얼마나 피곤하든 상관

없이, 심지어 나를 따라서 새벽에 잠들었어도 정확히 시간 맞춰 일어난다.

졸음이 붙은 눈으로 어기적어기적 부엌으로 걸어가 사료를 계량한다. 잠깐의 시간에도 풋콩은 빨리 내놓으라며 안절부절 난리가 난다. 싱크대를 향해 점프하면서 더는 못 참겠음을 표현한다. 아침 댓바람부터 에너제틱한 동작에 '그만', '안 돼'를 말할 기운도 없어서 불꽃 발길질을 애써 무시하며 밥을 차린다.

아침을 아홉 시에 줄 수도, 열 시에 줄 수도 있지만 풋콩에게 루틴이 된 '일곱 시 반에 아침 먹기'를 지켜주는 것. 그게 내 하루의 첫 번째 책임감이다.

밥을 차려주고 나서 다시 침대로 기어들어 가면, 풋콩은 오 초 만에 씹지도 않은 채 사료를 다 삼켜버리고 침대 위로 우다다다 올라온다. 어서 오라며 한참 만져주면 내 허벅지에 자기 몸을 찰싹 붙이고 다시 잠을 청한다. 배고파서 잠에서 깼던 거다.

같이 한두 시간 잔 다음엔 산책 나갈 준비를 한다. 풋콩의 간식과 물을 챙기고, 모든 집 안 문을 활짝 열어 환기하고, 로봇청소기 버튼을 누른다. 유난히 몸이 무거울 때나 전날 잠을 설쳐 이불 안에 더 머물고 싶은 날이어도 매일 비슷한 시간에 산책줄을 끌고 나가는 것. 그게 내 하루의 두 번째 책임감이다.

날이 더워도, 추워도, 곧 비가 쏟아질 것 같아도, 눈이 펑 펑 내려도 나간다. 집 앞 골목부터 시작해 그 앞의 작은 어린 이 공원에 들르고, 조금 더 나가면 나오는 커다란 동네 공원 을 훑다가 조금 길게 걸어 한강공원으로 간다. 이 모든 코스 는 풋콩이 스스로 짠 것. 그렇게 하루에 한두 번, 두 시간에 서 두 시간 반 정도 산책한다.

초반에는 매일 똑같은 산책을 반복하다 '이걸 이십 년쯤 해야 된단 얘기지……?' 하며 정신이 아득해졌다. 그러다 도 하루 중 풋콩에게 백 퍼센트 집중할 수 있는 시간은 이때 밖에 없다는 생각에 금세 미안해졌다. 풋콩은 내가 늦게 따 라오건, 피곤해서 하품하건, 딴 생각을 하건 열심히 걷고 뛰 면서 풀을 뜯어 먹고, 개똥을 주워 먹고, 땅에 붙은 지렁이나 고양이 똥에 몸을 비빈다. 사이사이 간식도 얻어먹고, 온몸 에 흙을 잔뜩 묻히며 친구랑 뛰논다.

산책을 마치면 욕실로 들어가 싫다고 몸부림치는 풋콩의 네 발을 닦이고 간식을 준 다음, 나의 아침 식사를 준비한다. 커피도 내리고 빵도 자르고 과일도 깎고…… 최대한 많은 양을 정성 들여 준비해 여유롭게 먹는다. 티브이를 보거나 책을 읽지 않고 아침을 먹을 때는 먹는 일에만 집중한다. 풋 콩이 자기 좀 달라고 점프해도 이때만큼은 무시한다. 아침

만큼은 내가 원하는 만큼 성의를 다해 차려, 느긋하게 먹는 것. 그게 내 하루의 세 번째 책임감이다.

커피를 큰 컵 가득 두 잔째 마시고 나면 어느새 출근할 시간이다. 부엌에서 몇 발자국 걸어가면 있는 작업방에는 매일 열두 시쯤 들어간다. 내가 들어가면 풋콩도 따라 들어오는데, 내가 책상에 앉으면 대부분 자기도 책상 위에 올라오겠다고 난리치지만, 어떤 날은 적당히 눈치 보다 바닥에 놓인 방석 위에 누워 그날 첫 낮잠을 잔다. 그런 날은 감개무량한 마음으로 노트북을 켜고 작업을 시작한다.

쓰고 싶은 글이 하나도 없는 날이 많고, 해야 할 일이 있어도 하기 싫은 날이 더 많다. 하지만 스스로 정한 시간이 되면 책상 앞에 앉는 것. 그게 내 하루의 네 번째 책임감이다.

'오늘은 쨀까?' 싶은 날일수록 정확히 책상 앞에 앉는다. 한글 창을 열고 그날 완성할 (것이라 기대하는) 원고의 제목을 두세 개 정도 써보는 일로 작업을 시작한다. 중간중간 휴대폰을 만지작거리며 SNS 피드를 확인하고, 어느새 자다 깨 왕왕 짖는 풋콩을 안아주거나 공을 던지며 놀기도 한다. 잠시 숨을 고르려 차도 홀짝이며 꾸역꾸역 작업을 이어간다.

내가 하는 일은 매일이 똑같다. 쓰고 지우고 새로 쓰고 지우고 고치고 또 지우고 다시 쓰는 일. 가끔 글이란 무엇인가, 나는 왜 이 짓을 계속하고 있는가, 라는 의문도 몰려오지만 그럴 때마다 영화 〈일일시호일〉의 키키 키린의 대사를 떠올린다. "매년 같은 일을 반복하고 있지만 요즘 들어 이런 생각이 들어요. 이렇게 같은 일을 반복할 수 있다는 건 행복한 일이다 싶어서. 안 그래요?"

뭐라도 쓴다. 말이 안 되는 것 같아도 일단 써본다. 나중에 다 지우는 한이 있더라도 한 문장 한 문장 이어간다. 내가 하는 일은 성과보다 낭비가 많은 일. 시간을 낭비하고 지면을 낭비하고 공간을 낭비하고 에너지를 낭비하고 생각과 감정을 낭비하는 게 내 일이다. 굴하지 않고 낭비하고 낭비하고 낭비하다 보면, 언젠가는 꼴을 갖춘 글 한 편 또는 책 한 권이 완성된다.

중간중간 무수한 쓸데없는 짓을 포함해 대여섯 시간쯤 책상 앞에 앉아 있다 보면 어느새 퇴근 시간이다. 작업방 문을 닫고 나와 오늘 하루 심심했을 풋콩과 함께 그날 두 번째 산책을 나간다. 뭐 대단한 걸 이룬 하루는 아니었지만 이때가 되면 몸과 마음이 조금 가볍다. 풋콩도 그걸 아는지 표정이 밝다. 그 얼굴에 배가 부르다.

아침에는 출근이나 등교로 바쁜 사람들만 보였던 동네 골목에 하원하는 아이들, 학원으로 향하는 초등학생들, 이른 퇴근을 한 직장인들의 모습이 보인다. 집 앞 공원에도 아이들 노는 소리가 우렁차다. 이른 저녁 공기 속에서 우리는 아침에는 가보지 못한 동네 뒤편을 천천히 걷는다. 그게 내 하루의 다섯 번째 책임감이다.

책임감에 대한 글을 쓰겠다고 마음먹고 나서도 한동안 쓰지 못했다. 진도가 안 나갔다. 생각만으로도 부담스럽고 자신 없었다. 그러다 일단 매일 반복하는 일에 대해 써보기로 했다. 쓰다 보니 의외로 거기에 책임감이 있었다. 작지만 단단한, 수시로 만져 반질반질해진 돌멩이 같은 책임을 나는 하루에 다섯 번씩 반복하고 있었다.

책임감은 특별한 게 아니다. 오늘 하루, 하기로 한 일을 잊지 않는 것. 귀찮거나 싫어도 해보는 것. 최대한 끝까지 마무리하는 것. 그걸 깨닫고 나니 조금 자신감이 생겼다. '이제 책임감에 대해서 쓸 수 있을지도 몰라.' 한 자 한 자 써나간 글이 어느새 책 한 권 분량이 되어간다.

만약 당신이 '나는 책임감이 없는 사람'이라고 생각한다면, 매일 나를 혹은 누군가를 위해 반복하고 있는 일들을 떠올려보자. 그것 하나하나에 번호를 매겨 하루에 몇 번의 책임을 다하고 있는지 헤아려보자. 하루는 의미 없이 지나가는 것 같아도 몇 갠가의 책임감으로 이루어져 있다. 나도 모르는 사이에 그걸 수행하면서 매일 최선을 다해 살고 있는 것이다. 나도 이렇게 글로 적어보기 전에는 몰랐다.

아파도 잘 살아야 하니까

아픈 곳이 는다. 특별한 걸 하지도 않았는데 아침에 눈떴을 때 갑자기 목이 돌아가지 않거나 냉장고 문을 열었을 뿐인데 허리가 삐끗한다거나 여름이 끝난 지 얼마 되지 않았는데 목이 칼칼, 코가 시큰하며 감기가 올 조짐이 보인다.

이렇게 조잔하게 아픈 건 어떻게 해보겠지만, 의학의 힘을 빌리지 않고는 낫지 않는 병들도 있다. 몇 년 전부터 갑상선과 유방, 자궁 검사를 정기적으로 받고 있고, 삼 년에 한 번 대장 내시경을 할 때마다 용종이 발견된다. 유난히 스트레스를 많이 받은 해에는 심장박동이 정상적이지 않으니 추이를 지켜봐야 한다는 소견을 듣는다.

이제 내 몸은 건강한 것이 디폴트가 아니라 툭하면 고장 나는 게 디폴트구나. 그러니 내 몸과 더 사이좋게 지내야겠네. 병원에 가는 일을 두려워하거나 미루지도 말아야겠네. 이런 다짐과 함께 병원은 가기 싫어도 가야 하는 곳, 해가 지날수록 더 자주 가는 곳이 됐다. 그를 위해 믿을 만한 주치의도 확보해두어야 한다.

반려견과 생활할 때도 믿을 수 있는 동물병원을 알아놓는 일이 필수다. 집에서 가깝고, 의료진에게 신뢰가 가고, 영수증에 진찰 및 치료비 내역이 정확히 명시되어 있으며, 그 비용이 합리적인 곳. 이 모든 정보는 인터넷 검색으로 알 수 있는 게 아니다. 산책하는 동안 다른 개 보호자들이 하는 이야기를 유심히 듣거나, 오랜 기간 강아지를 키워온 선배 반려인들에게 얻을 수 있다.

하지만 병원의 단점에 대한 이야기는 자주 공유되는 데 비해 '이 병원으로 가요!'라는 말은 좀처럼 접할 수 없다. 다들 아직까지 딱 맞는 병원을 못 만났다는 얘기겠지. 그만큼 백 퍼센트의 동물병원을 찾는 일은 어렵다. 그런 병원은 있지도 않겠지.

풋콩이 집으로 온 지도 이 주가 지났으니, 예방접종과 동물 등록을 위해 병원에 가야 했다. 그런데 아무리 인터넷으로 검색해봐도 어디가 좋을지 알 수 없었다. 집 근처에도 이미 동물병원이 여러 개였다. 풋콩을 만나기 전에는 있는 줄도 몰랐던 동물병원이 이렇게 많았다니. 고민 끝에 이용자 리뷰에 불만 댓글이 없는 곳, 집에서 가장 가까운 병원으로 정했다.

처음엔 산책하는 줄 알고 발랄하게 걷던 풋콩은 저 멀리 병원 간판을 보고 걸음을 뚝 멈춰버렸다. 어이구, 이 똑똑한 강아지야. 목석이 된 풋콩을 들쳐 안고 무거운 유리문을 열었다.

덜덜 떠는 풋콩을 진료대 위에 올리고, 주사 네 대를 연이어 맞혔다. 집에서는 아무리 불러도 대꾸 안 하던 아이가 병원에 들어가자마자 내 품으로 파고들었다. 황당하면서도 뿌듯한 기분. 진료대 위에서 제대로 서지도 못하고 덜덜 떠는 풋콩을 보고 의사는 말했다. "아, 고놈 참. 뭐가 그리 무섭나."

접종을 마치고는 몸속에 레이저로 바코드를 삽입하는 동물 등록을 했다. 대한민국에서 반려의 목적으로 기르는 삼개월령 이상의 개는 반드시 동물 등록을 해야 한다. 이는 동물보호법으로 정해져 있어서 어기면 과태료가 부과되며, 내장형 마이크로칩을 삽입하거나 외장형 장치를 부착해 바코드로 식별 가능한 번호를 등록한다. 내장형 등록의 경우, 가까운 동물병원에서 만 원에서 만오천 원이면 할 수 있다.

동물 등록을 통해 풋콩은 태어나서 처음으로 몸속에 번호를 품게 되었다. 그 번호를 통해 길을 잃거나 나를 잃었을 때 보호자인 나에게 연락이 온다. 동물 등록을 마치고 나니 이제부터 풋콩은 무지개다리를 건널 때까지 나에게 속해 있다는 실감이 들었다.

뒤이어 입양 전에 슬개골 탈구 수술을 한 다리가 어떤지도 진찰받았다. 그런데 슬개골 탈구가 다시 진행 중이라는 비보를 들었다. 수술한 지 한 달밖에 안 됐는데 벌써요……. 그만큼 구조 당시 다리 상태가 심각했던 모양이다. 의사는 경과를 지켜보고 재수술을 해야 할 수도 있겠다고, 예방을 위해서는 살을 꼭 빼야겠다고 말했다. 비장하게 고개를 끄덕이면서 질문 하나를 더 했다.

"애가 평소에 숨을 가쁘게 쉬는 것 같아요. 잘 때도 그렇고 놀 때도 그렇고 숨소리가 크고 거칠어요. 심장 좀 체크해 볼 수 있을까요?"

풋콩은 처음 집에 왔을 때부터 뛰어놀 때가 아닌데도 숨을 가쁘게 쉬었다. 자고 있을 때도 금방 뛰다 온 아이처럼 숨을 짧게 몰아쉬었다. 처음에는 '낯선 환경에 긴장했나 보다' 했지만, 계속 살펴보니 강아지가 어떻게 숨을 쉬는지 잘 모르는 내 눈에도 풋콩의 호흡은 이상해 보였다. 인터넷과 책을 찾아보니 개들에게도 심장 질환이 자주 발견된다고 했다.

의사는 청진기로 풋콩의 호흡을 살핀 후 엑스레이를 찍었다. 잠시 후 화면을 보더니 말했다. "심장이 커요. 몸에 비해 유난히 커서…… 잘못 찍은 줄 알고 다시 찍었네요."

저절로 목소리가 떨렸다. "그게 무슨 뜻인가요?"

"심장비대증이라고 개들한테 많이 오는 병인데, 얘는 아직 나이가 어려서 그거 같진 않고…… 근데 심장병이라는 게 엑스레이상으로 알 수 있는 게 아니라서 초음파를 찍어봐야 정확할 것 같아요. 큰 병원 가보셔야겠는데요."

'큰 병원'이라는 말을 들을 때마다 수명이 몇 년 단축되는 것 같다. 운 좋은 소수의 사람을 제외하고, 대부분의 사람들과 그의 가족이 살면서 적어도 한 번 이상은 들어봤을 말. 그 안에는 두려움, 불안, 걱정, 한숨, 암담한 미래, 텅 빈 잔고, 오랜 투병 생활, 실직, 심지어 죽음까지 있다. 좀 전까지만 해도 아무 문제 없이 살고 있었는데 그 말을 듣고 나서의 삶은 조금 달라진다.

의사는 놀란 눈으로 풋콩을 안고 있는 나에게 갈 만한 동물병원을 추천해주었다. 가서 심장 초음파를 찍어보고, 그 외에 권하는 검사를 받아보라고 했다. 다만 반려견 질병에는 보험이 적용되지 않으니 병원비가 만만치 않게 나올 것이라고 귀띔했다. 입으로는 네, 네, 대답하면서도 어디서부터 어떻게 하면 좋을지 알 수가 없었다.

병원을 빠져나오자마자 풋콩은 산책을 다시 시작하는 줄 알고 신이 났다. 그 모습이 한없이 짠해서 병원 앞에 쭈그리고 앉아 간식을 먹였다. 길바닥에 앉아 허겁지겁 간식을 받아먹는 풋콩을 보니 눈물이 핑. 암울한 일 앞에서 기운 차리는 일은 평소 내가 제일 못하는 거였지만 일단은 담담해져야겠다 싶었다.

집으로 돌아와 풋콩에게 오래 씹을 수 있는 간식을 한 번 더 주고, 혼자 바깥으로 나왔다. 감정이 주체가 안 돼서 친구 ㄹ에게 전화를 걸었다. 이러이러한 일이 있었다고 덤덤히 소식을 전하려는데 목구멍이 뜨거워지면서 말이 나오지 않았다. 애써 눈물을 참으며 중얼거렸다. "큰 병원을 가보래. 나는 아직 준비가 안 됐는데. 어떡해……." 전화기 너머 ㄹ은 말없이 놀라고 있었다.

한숨 가득한 통화를 마치고 생각을 고쳐먹었다. 그래도 해봐야지 어떡해. 씩씩해져야지 어떡해. 풋콩을 병원에 데려가는 일도 나만 할 수 있는 일. 치료를 받아야 한다면 그걸 감당할 사람도 나니까. 그제야 처음으로 내가 진짜 풋콩의 보호자라는 게 실감났다.

서둘러 알 만한 사람들에게 연락해 동물병원을 수소문했다. 이제껏 내가 잘 알지도 못하는 사람들에게 이것저것 질문하고 부탁할 수 있는 사람인 줄 몰랐다. 이제껏 그럴 일이 없었던 거겠지. 이제는 아니다. 나 아니면 풋콩은 아파도 병원에 갈 수 없다. 병이 있어도 고칠 수 없다.

여러 번 통화한 끝에, 근처에 사는 지인 ㅈ 씨로부터 심장 초음파를 찍을 수 있고, 경과를 살펴볼 수 있는 동네 동물병원을 소개받았다. 지난해, 반려견이 큰 수술을 받은 경험이 있는 ㅈ 씨는 나의 패닉을 예상하고 다독였다. "걱정 마세요. 별일 없을 거예요."

몇 시간 전에 들은 "큰 병원 가보세요"와는 달라도 한참 다른 그 말에 스르륵 마음이 놓였다. 평범한 말 한마디에 긴장했던 어깨가 풀리고 얼굴 근육이 누그러졌다. 너처럼 겁 많은 인간이 개를 키울 수 있겠느냐고, 큰 병원 가보라는 한마디에 온몸을 벌벌 떨고 우는 인간이 생명을 책임질 수 있겠느냐는 자책이 조금 걷히는 느낌. 이윽고 해답이 떠올랐다. 그래 해보자. 아니, 해야지 무슨 소리야.

아직 한 살밖에 안 된 풋콩을 입양할 때, 풋콩의 노화와 투병을 예상하지 못했다. 이 귀여운 아이가 언젠가는 늙고, 병들고, 걸음을 걸을 수도, 배변을 자유자재로 못 하게 될 수도 있다는 걸 전혀 상상하지 못했다. 맨 처음 만난 모습처럼 천지 분간 못 하고, 이리저리 뛰어다니면서 장난치고, 말썽 부릴 줄로만 알았다.

하지만 생명을 받아들인다는 것은 생명이 저무는 과정까지 받아들이겠다는 뜻이다. 그 생로병사의 과정을 이미 경험한 반려인들은 같은 이유로 무지개다리를 건넌 반려동물을 그리워하면서도 또 다른 동물을 들이지 못한다. 그 고통을 다시는 경험하고 싶지 않아서. 셀 수 없이 많은 행복을 안겨준, 예쁘고 사랑스러운 존재가 빛을 잃고 쓰러지고, 아파하는 모습을 지켜보는 일이 얼마나 힘든 일인지 알게 되었기 때문이다. 아무것도 모르는 나 같은 사람이나 그저 귀엽고 예쁜 시기가 평생 이어질 거라 착각할 뿐이다.

내가 늙고 병드는 일이 자연스러운 일이듯, 인간의 일 년 동안 칠 년을 사는 개들에게는 노화와 질병이 더 빠르게 온다. 그걸 머리로는 알았지만 가슴으로는 깨닫지 못했기에 큰 병원에 가보라는 의사의 말이 그렇게 충격적으로 다가왔던 거다.

하지만 어쩔 수 없다. 풋콩은 건강해도 내 식구고, 아파도 내 식구다. 풋콩이 무지개다리를 건널 때까지 모든 과정을 감당해야 하는 사람은 오직 나다. 처음에는 무겁기만 했던 그 실감이 점점 구체적인 모양이 되어 내 몸 곁에 막 하나를 둘러주는 느낌이 들었다. 나는 평생 이 막을 두른 채 살게 될 것이다. 풋콩이 내 곁을 떠난 후에도 막은 사라지지 않을 것이다. 그 막을 몸 밖에 두르고 있는 사람과 그렇지 않은 사람은 세상과 동물을 다른 시선으로 보며 살아갈 것이다.

더 나아가 나는 함부로 아파선 안 되겠다는 생각도 들었다. 내가 아프면 풋콩은 누가 돌보나. 좀처럼 진정되지 않는 코로나 시국에 그 생각은 더 단단해졌다. 코로나 확진도 무섭지만 내가 확진자가 되어 병원에 격리되거나, 검사 후 자가 격리를 해야 한다면 풋콩은 누구한테 보내야 하지? 산책은 어떻게 하지? 구체적인 걱정이 이어져 산책하는 시간을 제외하고는 철저히 집콕을 유지했다. 이제 내 몸은 나 한 몸이 아니라는 생각이 들어서.

앞으로는 더더욱 먹기 싫어도 밥을 챙겨 먹고, 건강을 해치는 행동은 자제하자. 꾸준히 걷고 운동하고, 매일 가뿐하게 풋콩을 산책시킬 수 있는 몸을 유지하자. 만약 아프게 되더라도 인명은 재천이라며 절망하기보다 조금 더 빨리 기운 차릴 수 있는 방법을 찾자. 생에 큰 집착이 없던 나에게 이런 다짐은 낯설기만 하다. 하지만 이렇게 되어버렸다. 풋콩과 오래오래 지내기 위해서라도 건강해야 한다. 아파도 잘 살아야 한다.

집으로 돌아와 풋콩의 저녁을 차려주었다. 오늘 무슨 일이 있었는지 하나도 기억 안 난다는 듯 합합 소리를 내며 사료를 씹지도 않고 삼키는 풋콩. 그 많은 사료를 다 먹고 나서도 더 내놓으라는 듯 앞발로 밥그릇을 달그락달그락 긁는다. 평소와 똑같은 모습이다.

앞으로 우리는 더한 일도 많이 겪겠지. 하지만 어떤 일이 있어도 풋콩은 이겨낼 것이다. 그리고 나는 힘을 낼 것이다. 그치, 풋콩아? 가만히 풋콩의 등을 쓰다듬어보았다. 잠시 자기 등을 내어주던 풋콩은 귀찮다는 듯 멀찌감치 도망쳐버렸다. 평소와 하나도 다르지 않은 모습으로.

마흔네 살의 사회화

풋콩과 동네 산책을 하다 보면 자주 마주치는 개들과 보호자들이 있다. 생활 반경과 활동 시간이 비슷한 사람들은 산책 장소와 시간대도 겹쳐서 자연스레 얼굴을 익히게 된다. 평소에는 자주 보는 얼굴이라도 말없이 지나치지만 개와 함께 있을 때는 인사하며 다가가게 된다. 개 이름을 기억했다 먼저 부르기도 한다. 풋콩에게 친구를 만들어주고 싶어서다.

"나는 괜찮은데, 애한테는 친구가 필요하잖아."

육아하는 지인들과 대화 나눌 때, 유난히 마음 아린 이야기는 내향적인 양육자가 아이의 사회성을 위해 노력하는 모습이다. 출산 전의 그 사람을 잘 알고 있기에, 아이의 친구를 만들어주기 위해 애쓰는 모습이 어쩜 그리 짠한지 모르겠다. 결혼하고 애 키우다 보면 자연히 얼굴도 두꺼워지고 활달해지는 거라 생각한 적 있었지만 그럴 리 있나. 한 사람은 그가 어렸을 때부터 갖고 있던 성격적 특성을 유지한 채 기혼자가 되고, 양육자가 되고, 나이를 먹는다. 자신의 어쩔 수 없는 그 성정 때문에 여러 번 고민하고 부딪히게 될 뿐, 상황 때문에 사람이 바뀌는 경우는 얼마 없다.

나 역시 사회성이라고는 별로 없는 인간이지만 풋콩까지 그런 개로 만들 순 없었다. 산책을 반복하면서 깨달은 풋콩의 성격은 겁이 많고, 낯을 가리고, 놀고 싶지만 노는 방법을 모른다는 것. 즉, 사회성이 부족한 개라는 뜻이다.

한참 사회성을 다듬어갈 나이에 유기되었기 때문에 풋콩에게는 결여된 부분이 많다. 여전히 아기 강아지처럼 입질하거나, 쉽게 흥분하거나, 사람들이 다가오기만 해도 뒷걸음질 치거나, 놀고 싶은 개를 보면 먼저 엉덩이 냄새를 맡으려 다가가지만 자기 냄새를 맡게 해주진 않고, 같이 놀고 싶은데 반응을 보이지 않는 친구 앞에서는 마구 짖었다. 그런 모습을 보일 때 혼내는 건 효과가 없어서, 산책 횟수를 늘리고 좋은 강아지와 보호자들을 자주 만나게 해주는 수밖에 없었다.

그런 이유로 내 무릎이 나가든, 고관절이 으스러지든 산책을 게을리할 수 없다. 이게 풋콩을 위한 노력만은 아니다. 나 역시 보호자로서 사회성을 키울 필요가 있었다. 불쑥 겁나거나 교육이 잘 안 되어 있는 개를 만나더라도 침착하게 대응하고, 대체 왜 저러나 싶은 보호자들도 유연하게 넘길 수 있어야 한다. 그러다 자연스럽게 안면을 트고 친하게 지낼 개들과 보호자들을 만나야 한다. 풋콩과 평생 즐겁게 살기 위해 필요한 노력이다.

친구를 사귈 때 공통 관심사나 취향, 나이, 하는 일이 관계 맺기에 윤활유 역할을 해주는 것처럼 개 보호자 사이의 친분도 비슷하다. 하지만 아침 일찍 산책하고, 저녁이 되면 집에서 휴식하는 생활 패턴상, 만나는 사람들은 대부분 노년의 어르신들이다. 가끔 내 나이보다 젊거나 비슷한 보호자들을 만나더라도 그 만남이 지속적으로 이루어지지 않는다. 매일 마주치는 분들은 노년의 여성 혹은 남성들……. 나는 부모님과도 대화를 잘 못 하는데 무슨 이야기를 어떻게 나눠야 하나.

하지만 개 보호자들끼리의 친분은 평소 내가 영위하는 우정과 조금 다르다. 이미 개라는 커다란 관심사가 일치하는 만큼, 그 외의 다른 부분들은 그리 대수롭지 않게 넘기게 된다. 보호자의 나이보다 중요한 건 강아지의 나이. 보호자의 성향보다 개의 성향이 중요하며, 보호자들끼리 데면데면하더라도 개들끼리 서로 호감을 느끼는지가 더 중요하다.

만약 이 모든 게 엇갈릴 때는 보호자들끼리 모여 개에 대한 이야기, 즉 '개 토크'만 하면 된다. 처음부터 끝까지 개이야기만 하고, 육견에 대한 정보만을 나누는 깔끔한 관계. 이야깃거리가 떨어지면 눈앞에 보이는 강아지에게 귀엽다, 똑똑하다는 말을 반복해서 외치기만 하면 되는 무해한 사이.

하루는 공원에서 만난 반려인에게 동네 근처 한강에 개들이 모이는 장소가 있다는 정보를 접했다. 드넓은 한강공원 중에서도 잔디밭이 보드랍고, 방해물이 없으며, 사람들이 몰리지 않는 구역이 있는데 거길 가면 언제든 개들이 놀고 있다는 것이다. 주변에 사람이 없을 때는 가끔 산책줄을 놓아 뛰어놀게 할 수도 있고, 또래 강아지 친구도 여럿 만날 수 있어서 개에게 친구를 만들어주고 싶다면 꼭 가보라고 했다.

며칠 뒤, 긴장된 마음으로 한강에 갔다. 잔디밭으로 조금씩 다가가는데 한참 신나 풀 냄새를 킁킁대던 풋콩이 문득 멈춰 섰다. 저 멀리에서는 개 여러 마리가 얽히고설켜 뛰놀고 있었다. 괜찮은 척 연기하며 말했다. "풋콩아, 저기 친구들 많이 있네? 가볼까?"

그러나 풋콩은 그 자리에 우뚝 선 채 움직이지 않았다. 조심스럽게 산책줄을 끌어봐도 요지부동이었다. 내가 가만히 서 있자 몸을 틀어 이미 왔던 길을 거슬러 올라가려 했다. 개들이 몰려 있는 모습을 보는 것만으로도 겁나는 걸까. 이것 참…… 막무가내로 몸을 돌려 전진하는 풋콩을 따라 집으로 향할 수밖에 없었다.

그날 이후로 여러 날 한강에 나와봤지만, 풋콩은 개들이 모이는 곳 근처에만 가도 얼음이 됐다. 그래서 다시 집 쪽으로 방향을 틀어 걷거나 다른 잔디밭에서 냄새를 맡게 해주는 걸로 만족할 수밖에 없었다. 그러나 비슷한 전개가 반복되자 마음속에 물음표가 그려졌다. '지금 풋콩이 무서워하는 거야? 아니면 내가 무서워하는 거야?'

풋콩과 만난 초반에는 늘 어느 정도 경직된 상태로 산책하러 나갔다. 보호자가 긴장하고 있다는 걸 알아차렸던 건지, 풋콩 역시 편안해 보이지 않았다. 낯선 강아지를 만나면 금세 도망가고, 자기 냄새를 맡으려 다가오는 강아지 앞에서 얼어버렸다. 그런 아이에게 친구 만드는 것을 강요하면 안 될 것 같았지만, 어쩌면 내가 더 두려워했는지도 모른다. '아직 풋콩은 더 기다려야 해'라고 생각하면서 내가 더 미루고 싶었던 걸지도. 그 덕에 우리는 점점 친구라곤 하나 없는

1인 1견 가구로 자리 잡는(!) 중이었다.

알고 보면 풋콩보다 사회화가 더 시급한 사람은 나였다. 그걸 풋콩도 알고 있어서 나와의 한강 산책을 그렇게 겁먹은 게 아닐까. '이 인간을 어떻게 믿어' 하면서. 그걸 깨닫고 나니 나부터 대범해질 필요가 있겠다 싶었다. 그래서 아주 조금씩 다가가는 연습을 했다.

산책할 때, 개 친구를 만나면 풋콩이 걸음을 멈추거나 뒷걸음질 치지 않을 정도로만 다가가 인사를 나눴다. 풋콩이 용기 내 앞으로 다가갈 때면 간식을 주거나 칭찬했고, 저절로 뛰어놀 수 있게 공을 가지고 다니며 한강까지 가는 길을 즐겁게 만들어주었다. 한강 잔디밭에 도착하고 나서는 앞서 뛰어도 크게 저지하지 않았다. 나 역시 신나게 달렸다. '한강은 즐거운 곳이고 여기 오면 보호자도 기분이 좋아!'를 몸소 알려주고 싶었다.

다른 개와 보호자를 만나면 먼저 인사하고 말을 걸었다. 처음에는 그들이 다가오기만 해도 걸음을 멈추고 긴장하던 풋콩이 조금씩 마음을 여는 게 보였다. 자기보다 머뭇거리는 개가 있으면 기다려주고, 급하게 다가오면 나에게 몸을 붙여 불편하다는 의사를 밝혔으며, 가끔 다른 개한테 무례하게 굴어 그러면 안 된다는 듯 산책줄을 끌면 풋콩은 크게 반항하지 않고 따라주었다.

몇 주가 지나 우리는 강아지들이 모여 있는 잔디밭 입성에 성공했다. 비록 풋콩은 내 근처만 어슬렁거리며 다른 개들에게 먼저 다가가지는 못했지만 거기 들어와 있다는 것만으로도 백 점이었다. 그날 집으로 돌아가는 길에는 폭풍 칭찬을 했다. "풋콩아, 재미있었지! 친구들도 많고! 가보니까 별거 아니지? 안 무섭지? 우리 내일 또 오자!" 결국 그 말은 풋콩이 아닌 나에게 하는 말이었다.

이제 풋콩은 매일 한강 가는 시간만 기다린다. 가끔은 같이 뛰어놀 친구를 발견하지 못해 주변만 배회하고 오지만 가끔은 초면임에도 절친 같은 강아지 친구를 만나 내내 뛰어다닌다.

나에게도 보호자 친구들이 생겼다. 어디서 뭘 하고 사는지는 모르지만 그들의 개들에 대해서는 잘 안다. 우리는 서로의 모습을 발견하면 반려견 이름을 먼저 부르며 인사한다. 서로의 강아지를 쓰다듬어주고 준비해 온 간식을 나눠 먹이고, 물도 사료도 같이 먹이면서 조금씩 가까워지고 있다.

처음 보는 강아지와 보호자가 쭈뼛쭈뼛 한강을 찾을 때면, 내가 그랬던 때가 생각난다. 그래서 아이의 이름을 먼저 물어보고, 공을 던져주고, 귀엽다 예쁘다 칭찬하며 그 아이와 보호자가 더 자주 나올 수 있기를 바란다.

요즘 풋콩은 한강에서 간식에 가장 진심인 개로 소문이 났다. 덕분에 풋콩의 다이어트는 난항을 겪고 있다. 하지만 나의 사회화는 더디긴 해도 순조롭게 이어지고 있(다고 믿고 싶)다.

미안하지 않은 일에는 미안하다고 말하지 않는다

매일 아침, 풋콩과 산책할 때 지나치는 다세대 주택 입구에는 종이에 프린트된 안내문이 붙어 있다.

> 담배꽁초 버리지 마세요.
> 죄송합니다.
> – 입주민 일동 –

볼 때마다 고개를 갸웃거리게 되는 글이다. 남의 집 앞에서 담배를 피우고, 꽁초까지 버리는 사람들에게 왜 '죄송'해야 할까? 정작 사과받아야 할 사람들이 사과하고 있는 모양이니. 그 앞을 지나갈 때마다 마음속으로 댓글을 달게 된다. '뭐가 죄송합니까…….' 나라면 어떻게 써놓을지도 상상한다. "담배꽁초 버리지 마세요! 주민들 너무 괴롭습니다!"쯤 되려나.

미안합니다, 죄송한데요……. 나 역시 이 말을 입에 달고 살았다. 궁금한 걸 질문할 때, 제안받은 일을 거절할 때, 무례한 누군가에게 불편감을 표현할 때도 이 말로 대화를 시작했다. 조금도 죄송하지 않았음에도 그게 예의 같아서. 이제는 일부러라도 안 그러려고 한다. 죄송하다는 말은 진심으로 죄송할 때만 쓰고 싶어서다.

퇴근 시간 즈음에 지하철을 탔다. 열차 안이 붐비기 시작해 출입문 앞까지 사람들이 꽉 들어차 있었다. 내릴 역이 가까워져 조금씩 출입문 쪽으로 이동했지만 문 앞에는 조그만 틈도 없었다. 잠시 후 열차는 내려야 하는 역에 도착했지만 문 앞에는 사람들이 미동도 없이 서 있었다.

예전 같으면 개미만 한 목소리로 "죄송한데요……" 하며 조심조심 빈 공간을 탐색하며 하차를 시도했겠지만 이제는 그저 큰 소리로 "내릴게요!" 혹은 "비켜주세요!" 한다. "비켜주실래요?" 혹은 "조금만 비켜주시겠어요?" 같은 말은 쓰지 않는다. 그저 내릴 것이라는 의사를 밝히고 길을 비켜줄 것을 요구한다.

"내립니다!" 작은 소리보다 큰 소리로 짧고 굵게 이야기하면 좀 전까지 북적북적했던 출입문 앞에 순식간에 작은 홍해 갈라짐이 생긴다. 그럼에도 안 비키고 서 있는 사람이 있다면 등을 밀면서 말한다. "비켜주세요!"

들어온 일을 거절해야 할 때도 예전에는 늘 죄송하다는 말을 먼저 했다. 일을 제안해주셨는데 수락하지 못해 죄송합니다, 사정이 여의치 않아 할 수 없을 것 같아요, 미안합니다…… 마치 빚을 못 갚은 사람처럼 절절맸다. 그러나 조금씩 깨달았다. 제안받은 일을 거절하는 것이 왜 미안한 일인가. 사정이 맞지 않으면 못 하거나 안 할 수도 있는 것 아닌가.

그걸 깨닫고 나서도 그냥 안 하겠다는 짧은 대답만 하는 건 영 정 없어 보여서 '내가 그 일을 수락할 수 없는 이유'에 대해 리포트 형식으로 길게 작성하곤 했다. 원래는 이렇게 거절하는 사람이 아닌데요, 라며 변명하고 싶었고 행여나 싸가지 없는 사람으로 비칠 것 같아 신경 쓰였다. 다음에 다른 기회가 생겼을 때 나를 안 써줄까 봐 걱정도 됐다. 결국 '안 한다'는 한마디를 TMI 잔뜩 붙여 길고 긴 이야기로 늘인 격이었다. 그런 답장을 받는 상대방 역시 달갑지 않았겠지.

이제는 이렇게 쓴다. "제안해주신 일은 수락할 수 없을 것 같습니다. 다음에 좋은 기회로 함께할 수 있었으면 좋겠습니다." 이번에는 못 해도 다음 기회는 놓치고 싶지 않다는 마음을 담아서. 이번에도 다음에도 하고 싶지 않은 일에는 그냥 이렇게 쓴다. "저를 찾아 이렇게 연락을 주셨는데, 저와는 맞지 않는 일인 것 같습니다." 언젠가는 '같습니다'라는 표현도 다르게 바꾸고 싶은데, 그것마저 빼면 너무 단호박 같아서 여전히 쓰고 있다.

자주 하는 말은 습관이 되고 습관은 때때로 그 사람이 된다. 죄송하지 않은 일에도 죄송하다는 말을 달고 살면 누군가는 내가 진심으로 미안해하고 있다고 오해하기도 하며, 나 역시 그 일이 사과해야 할 잘못이라 여기게 된다. 결국 모두에게 도움 되지 않는 감정 소모를 불러들이는 말은 발화하는 쪽에서 바꿀 필요가 있겠지. 죄송하지 않은 일에는 죄송하다고 말하지 않기. 단 죄송한 일에는 정확히 사과하기.

그동안 나는 얼마나 책임지지도 않을 사과를 남발하고 살아왔을까. 아니면 책임져야 할 사과를 외면하고 피해왔을까. 사과하는 일에도 책임감이 필요하다. 앞으로도 나는 책임질 수 있는 사과만 하고 싶다.

혼술을 끊었다

장기화되는 코로나19로 집에 머무는 시간이 늘어나면서 술이 늘었다. 얘기가 왜 그렇게 되나 싶지만 따져보면 매우 자연스러운 흐름이다. 하루아침에 특수해진 상황으로 재택근무를 이어가게 된 회사원들, 매일 집으로 출근하고 집에서 퇴근하는 프리랜서들이 비슷한 고충을 호소하고 있다.

그동안은 일을 마치면 집에서 밖으로 나가거나, 밖에서 집으로 돌아오거나, 친구들을 만나거나 운동하러 가면서 업무의 마침표를 찍어왔는데, 코로나 시대에는 그게 다 어려우니 집에서 냉장고를 여는 것으로 퇴근 도장을 찍게 된다. 냉장고를 열면 술이 있고, 저녁을 차려 먹기도 딱히 내키지 않은 날에 술과 안주로 끼니를 대신하는 일을 반복하다 보면 어느새 일과를 마치고 자연스럽게 술을 찾는 사람이 된다.

그동안 '나는 술을 좋아할 뿐, 자제력은 있다'고 믿었다. 하지만 집에만 머무는 날들이 길어지다 보니 매일 저녁이 되면 그날 무슨 술을 마실까를 고민하고, 원하는 술을 원하는 만큼 마신 다음, 알딸딸해진 채로 잠자리에 들고, 다음 날 묘한 자괴감에 휩싸여 '오늘만큼은 안 마실 거야!'를 다짐하다가도 어느새 저녁이면 술상 앞에 앉아 있는…… 나 같은 사람을 알코홀릭이라고 부르지 않는다면 대체 누굴 그렇게 부른단 말인가. 처음에는 온갖 변명을 만들어내며 어떻게든 거부하고자 했던 '알중'이라는 타이틀을 서서히 인정할 수밖에 없었다. 나는 알중이다. 알중이 맞다……. 그러니 어떻게든 해결을 보자.

게다가 만약 밤중에 풋콩이 아프기라도 하면 운전하거나 택시를 타고 병원에 가야 할 텐데, 그때 내가 취한 상태일 수도 있다는 걸 상상하니 끔찍했다. 해롱해롱한 채 풋콩을 돌보거나 위급한 상황을 감당할 수는 없다. 나 다치는 건 괜찮아도 개 다치는 건 안 되지.

수십 년간 술을 즐겨온 사람이 한순간에 딱 끊겠다고 결심하면 작심삼일이 될 것 같아서 차근차근 해나가기로 했다. 먼저 혼술부터 끊기로 했다. 가끔 사람들과 만나서 취하도록 마시는 것보다, 매일 집에서 습관적으로 혼자 마시는 일이 더 위험하다는 이야기를 반복적으로 들어왔다. 실제로 혼술을 즐기는 사람 중에 알코홀릭이 많다고 한다. 매일 한 잔씩만 마시더라도 그게 습관으로 굳어지면 매일 안 마시면 안 되는 사람이 된다. 간이 늘 알코올로 자박자박 젖어 있는 상태라고나 할까.

하지만 그런 사람(=나)일수록 이렇게 생각한다. '내가 폭음을 하는 것도 아니고, 하루에 맥주 한두 캔인데 어때. 이런 낙도 없으면 어떻게 살아!' 그렇게 매일 조금씩 알코올을 섭취하는 사람의 간은 일주일에 한 번 폭음하는 사람의 간보다 상해 있다고 한다. 그 말을 들이대도 그들은(=나는) 똑같은 말을 읊는다. "내가 폭음을 하는 것도 아니고, 하루에 맥주 한두 캔인데!"

역병의 시대에 다 같이 모여 술잔을 기울이는 일도 요원해졌으니 혼술을 끊으면 술 자체를 끊을 수 있을 것 같다는 기대가 생겼다. 그래도 혼자 끊는 건 심심하니까(=억울하니까) 친구 ㅅ을 꼬드겨 같이 시도하기로 했다. 그가 얼마 전, 술자리에서(!) 꺼낸 이야기가 시발점이 되었다.

"몇 달째 재택근무를 하다 보니까 출퇴근 감각이 상실되더라고. 분명 일을 시작하면서 출근을 하긴 했는데, 일을 마쳤는데도 퇴근한 느낌이 안 드는 거야. 그래서 그날 일을 마치면 술을 마셨어. 일에서 분리되고, 하루를 마무리한다는 생각으로. 그런데 그게 자꾸 반복되더라고. 언젠가부터는 술을 마시지 않으면 하루가 안 끝난 것 같고? 그래서 나도 모르게 자꾸 마시게 되고?"

남의 입에서 흘러나오는 나의 이야기를 들으면서 엄숙하게 제안했다. "우리 혼술 끊자. 마실 거면 같이 마시자." ㅅ과 그날 술이 떡이 되도록 취해 각자의 집으로 가면서 외쳤다. "혼수 끈는 거당! 절때 혼자 술 마쉬지 마!"

어째 결말이 뻔히 보이는 전개 같지만, 기적적으로 다음 날부터 혼술을 마시지 않았다. 시작은 집에 아예 술을 들이지 않는 일이었다. 마트에서 장을 보더라도 주류 코너는 쳐다보지도 않았다. 백화점에 가도 눈을 질끈 감으며 와인 매장을 지나쳤다. 저절로 술을 부르는 짠 스낵, 치즈, 주전부리도 사지 않았다.

술안주가 연상되는 짭조름한 음식, 떡볶이나 치킨, 인스턴트 음식을 줄이고 집밥을 삼삼한 간으로 만들어 먹기 시작했다. 오랜만에 두부와 시금치, 미역을 사서 된장국을 끓이고, 현미밥을 데우고, 각종 제철 채소를 볶거나 샐러드를 해 먹었다. 자극이라고는 없는 밥상을 매일 마주하다 보면 절로 데모를 하고 싶어지는 울컥함이 불쑥 올라왔지만 술 생각만큼은 점점 열어졌다.

금욕적으로 살면서 중간중간 ㅅ의 상태를 체크했는데, 혼술을 마실 수 없으니 괜한 술 약속을 잡아 누군가와 마시고 있는 눈치였다. 영리한 것. 그래, 그건 이해할게. 그런데 어느 날 이런 연락이 왔다.

'나 아무래도 약속을 지킬 수 없을 것 같아⋯⋯.'

두둥! 하지만 너그러운 나는 '내일부터 다시 1일~'이라고 깜찍한 응원의 메시지를 보냈다. 그의 흔들린 결심에 나까지 삐딱선을 타게 될까 두려웠지만 꿋꿋하게 참아냈다.

어느새 혼술을 끊은 지 다섯 달이 되어간다. 바깥 활동을 자유롭게 하지 못하게 되었으니 사람들과 술 마시는 일도 현저히 줄어, 청순한 간으로 사는 시간이 점점 늘어간다. 현재 내 간은 한없이 투명에 가까운 레드일 것이다.

덕분에 혼술의 메카였던 우리 집이 어느새 클린함의 성지가 되었다. 냉장고를 아무리 들여다봐도 술이 없고, 안주도 없고, 싱크대 구석에 두어 병씩 보관해두었던 와인도 사라진 지 오래다. 가끔 자려고 누우면 속이 출출해지면서 맥주를 포함한 여러 안주와 음식이 떠오르지만 생각은 이내 달아난다. 술을 마실 때 행복하고 만족스러웠던 기분을 다른 걸로 채우고 있다. 이를테면 뜨거운 작두콩차를 마시며 책을 읽거나, 쿨쿨 자는 풋콩의 등덜미를 주무르는 것으로. 계속하다 보니 거기에도 진한 행복과 즐거움이 있다는 걸 알아간다.

매일 아침 개운한 정신으로 잠에서 깨는 일, 두통이나 속쓰림 대신 순수한 배고픔만을 느끼는 일도 기분 좋다. 뭐든 받아들일 수 있는 말끔한 위장으로 기운차게 아침을 먹고, 또렷한 머리로 책상 앞에 앉아 작업을 시작하는 가뿐함도 마음에 든다.

목표는 혼술을 넘어 단체술도 줄이는 것이다. 사람들과 술자리에서 만나더라도 한두 잔만 곁들여 대화를 나누며 만남 그 자체에 집중하고 싶다. 그러다 보면 그동안 놓쳐왔던 것들이 새롭게 보일지도 모른다. 나조차 몰랐던 나의 모습을 마주하게 될지도 모른다. 술에 의지해 모른 것을 흐리멍덩하게 뭉개곤 했던 지난날을 반복하고 싶지 않다. 술 없이도 즐거울 수 있고 진지하고 깊은 대화를 나눌 수 있다는 걸 이제라도 알아가고 싶다.

혼술을 끊었다는 건 그저 혼술을 끊었다는 뜻이 아니다. 나의 무책임함, 유약함, 나태함, 도망치는 버릇, 실수를 퉁치는 습관에서 조금씩 멀어지겠다는 뜻이다. 말짱한 정신으로 나를 돌보고, 반려견을 살피고, 환경과 주변인들을 대하는 걸 다시 연습하겠다는 뜻이다. 한없이 시시하고 따분해만 보이던 생활이 결코 그렇지 않다는 걸 다시 배우겠다는 뜻이다.

앞으로도 혼자서는 술을 마시지 않을 것이다. 만약 다시 마시게 된다면? 다음 날부터 안 마시면 된다. 오늘 삐끗했다면 내일부터 다시 시작하면 된다. 결코 예전처럼 '에이, 어차피 망했어!'의 길로 나를 걸어가게 두지 않을 것이다.

개처럼 살자

이십여 년을 프리랜서로 일해왔기 때문에, 그 시간만큼을 불안정하게 살았다. 은퇴나 노후의 삶 같은 건 계획할 여유도 없이 시간을 십 년 단위로 끊어 대비 아닌 대비를 하는 게 습관이 됐다. 이전 십 년은 이렇게 살았으니, 앞으로 십 년은 이렇게 살면 되겠지…… 라고 러프하게 상상해보는 정도였다.

글 쓰며 사는 삶은 길어지고 책임져야 할 반려동물까지 들이고 나니, 앞으로 내 삶에 무슨 일이 어떻게 벌어질지 더욱 예측할 수 없다. 그 사실에 몹시 불안해질 줄 알았는데, 오히려 그 불안감이 그날 하루에 집중할 수 있는 동력이 되어주었다. 요즘은 일이 년, 그러다 십 년을 잘 사는 것보다 하루, 혹은 일주일 단위로 무사히 지내는 게 더욱 와닿는다. '오늘 하루를 잘 살면 내일도 비슷하게 살 수 있지 않을까?' 하는 기대가 생긴다.

곤충의 몸이, 머리, 가슴, 배로 이루어져 있다면 개의 하루는 먹기, 자기, 놀기, 싸기로 이루어져 있다. 입맛에 맞는 사료와 간식을 먹고, 만족할 만큼 응가나 쉬야를 하고, 납득할 만큼 산책하거나 좋아하는 장난감을 갖고 놀다 잠드는 일을 번갈아 하면서 하루를 보낸다. 다음 날이 되면 다시 똑같은 일과를 반복한다. 그러면서도 지루해하는 법이 없다.

맨 처음 풋콩과 지내기 시작할 때 그 점이 가장 신기했다. 어쩜 이리 단순한 생명체가 있을까. 뭔가가 마음에 안 들어 캉캉 짖다가도 간식을 준비하는 내 모습에 금세 다가와 앉거나, 사료가 든 밥그릇을 보고 빙그르르 돈다. 산책하다 이상한 걸 주워 먹고 호되게 혼나고도 뒤통수를 쓰다듬어주면 나른한 표정을 짓는다. 한번 삐치면 오래가고, 맘에 안 드는 일이 생기면 좀처럼 털어내지 못하는 나와는 정반대의 성격이다. 쉽게 단순해지지 않는 성미 때문에 얻은 것보다 잃은 게 더 많았기에 풋콩의 단순함이 부러웠다.

나 역시 풋콩처럼 그날 하루만 책임감 있게 사는 산뜻함을 갖고 싶다. 그렇게 하루하루를 더해가면 일주일을, 한

달을, 일 년을 홀가분하게 살아갈 수 있을 것 같다. 그러기 위해서는 뭘 더하고 뭘 빼야 할까. 무엇을 지속하고 무엇을 그만두어야 할까. 여기서 또 수첩 펴고 적는 버릇이 등장하는데.

개에게 배운

지속해야 할 것들

끼니 잘 챙기기 (밥 먹을 때는 밥 먹는 일에만 집중한다)

하루에 한 시간 이상 걷기

(계절의 변화를 느끼며 매일 산책을 즐긴다)

충분한 시간 자기

(규칙적인 시간에 잠자리에 들어 뒤척이지 않고 잔다)

일한 시간만큼 쉬기 (일을 마치면 일 생각 하지 않고 논다)

그만두어야 할 것들

기분 상했던 일 꿍하게 되새기기 (나는 소가 아니다)

아직 벌어지지 않은 일 걱정하기

(내일 내가 살아 있을지 아닐지도 나는 모른다)

오늘 하루가 별로라면 내일도 별로일 거라며 비관하기

(당연히 모레도 별로일 테지만 그 생각 일단 넣어둬)

내 능력 밖의 일들에 전전긍긍하기

(알고 보면 내가 무지 잘났을 것이라는 자의식 과잉을 버려)

오 괜찮네. 이렇게 적다 보니 앞으로의 내 일상에 책임감을 갖기 위해 신경 써야 할 것들과 신경 꺼야 할 것들도 같이 떠오른다.

신경 쓸 것들

정신 건강과 몸의 건강 돌보기

(스트레스는 키우지 말자. 키우는 건 풋콩이 하나로 족하다)

일과 휴식 둘 다 소중히 하기

(휴식은 일보다 못한 것이 아니야!)

동물, 아이, 노인, 여성에게 더욱 관대해지기

(강강약약의 생활화)

회복탄력성 기르기

(망한 오늘의 나를 내일까지 끌고 가지 말자)

신경 끌 것들

늙음에 집착하기 (명심하라. 나는 오늘이 제일 젊다)

타인의 감정 넘겨짚지 않기 (내 감정 ≠ 남의 감정)

망가진 인간관계 떠올리고 곱씹기

(그나마 남은 친구도 없어진다)

과거에 대해 후회하기

(과거로 돌아가더라도 나는 또 그럴 것이다)

미래에 대한 조바심과 불안감 갖기

(얘기했잖아. 나한테 미래가 있을지 없을지도 모른다니까)

하나하나 적고 보니 좋은 하루는 좋은 인생으로 이어질 수도 있겠구나 싶다. 희망사항을 잔뜩 써놓았음에도 막상 보니 이루지 못할 건 또 뭐냐는 생각도 들고. 거창한 미래 예상도 따위 없이도 그날그날 있었던 일들을 감당하고 내 깜냥만큼 소화하면 다음 날까지 몸과 마음이 더부룩해지는 일은 없겠지.

개처럼 하루를 살고, 또 내일을 산다면 앞으로의 날들도 마냥 두려운 날은 아닐지도 모른다. 그동안 내가 개를 훈련하고 있다고 생각했는데 알고 보니 개가 나를 훈련하고 있었구나. 역시 개는 훌륭하다.

지인들과 명상을 했다.

새해와 가까운 시기여서

새해 소원을 비는 시간도 가졌다.

그때 명상을 리드한 지인이 이런 조언을 해주었다.

"소원을 빌 때, 소원이 이미 이루어진 것처럼

과거형으로 말해보세요.

이루어질 것을 굳게 믿고,

그를 위해 노력하겠다는 각오를 다지고,

감사함을 담아서요.

예를 들어 새해 소원이 새 책이 잘되는 것이라면

'새 책이 잘되어서 감사합니다' 이렇게요."

내가 어느새 마흔 중반이 돼 있을 줄 몰랐다.

이 말을 예순이 되어서도 똑같이 하겠지.

그때 역시 새로운 소원을 나열하며

그게 현실이 되길 바랄 것이다.

미래를 보는 능력 따윈 없어도 거울처럼 보인다.

그러니 지금이라도 내 인생 소원을 한번 빌어볼까.

계속 글을 쓰고 싶다.

그 글이 꾸준히 읽혔으면 좋겠다.

언젠가 이 일을 그만두게 되더라도

마지막까지 최선을 다하고 싶다.

이 세 가지 소원만큼은 마음에 품은 채로 살고 싶다.

그렇다면 소원이 이미 이루어진 것처럼,

그를 위해 노력하겠다는 각오를 다지며,

감사함을 담아서 한번 빌어볼까.

"글 쓰는 일을 계속할 수 있어서 감사합니다."

"마지막까지 최선을 다할 수 있어서 감사합니다."

혼자를 견디는 힘

코로나19 이후 많은 사람들이 외로움을 호소한다. 외향적인 사람은 사람들을 만나지도 밖에서 실컷 놀지도 못한다는 사실에 어쩔 줄 몰라 하며 몸부림치고, 내향적인 사람은 '내가 이렇게 사람을 좋아할 줄 몰랐다'는 사실을 뒤늦게 깨닫고 조용히 당황하는 중이다. 코로나19의 무서운 점은 강력한 변종 바이러스와 더불어 혼자를 견뎌야 한다는 것. 바이러스처럼 내 안에 잠재해 있던 혼자 됨의 캐파를 발견하는 일은 낯설고 두렵다.

'비자발적 혼자 됨'이라는 단어가 있지는 않아도 그 의미에 대해서는 다들 이해할 거다. 그건 '고립'이다. 평소 나는 혼자가 더 편한 사람인 줄 알았는데, 비자발적으로 그래야 하는 상황에서는 취약한 사람이라는 걸 깨달았다. 한동안 누군가와 대화하지 않아도 괜찮은 줄 알았는데 그 기간이 점점 길어지니 절로 허전함을 느꼈다.

이 감정은 수십 년 후 당면할 현실일지도 모른다. 지금 곁에 있는 사람들이 그때까지 내 곁에 있을 수는 없겠지. 이제껏 누려온 관계들마저 이미 축소되거나 사라지고 있지 않은가. 뒤늦게 새로운 관계를 영위해보려는 시도에도 번번이 실패하거나 좌절한다. 꼭 코로나19 때문이 아니라도 혼자를 견디는 힘, 고립을 감당하는 힘을 길러야겠구나.

이십 대 때는 혼자 됨이 마치 쿨함의 징표 같았다. 혼자 식당에 가서 밥을 먹고, 때로는 패밀리 레스토랑이나 갈빗집에서도 혼자 앉아 한 상 가득 차려놓고 먹었다. '나는 주변을 의식하지 않고도 혼자서 밥 잘 먹는 어른이야'라고 믿었지만 그렇게 무리하듯 밥 먹은 날은 꼭 얹혔다. 누가 시킨 것도 아닌데 쿨한 척을 하느라 꾸역꾸역 혼자 식당에 가서 일 인분의 잔칫상을 받으며 스스로 혼자가 편한 사람이라고 착각했을 뿐이다.

삼십 대가 되고서는 불쑥 혼자가 되고 싶은 순간이 많았기에 혼자 여행을 떠나거나 영화를 보러 갔다. 카페에서 혼자만의 시간도 자주 보냈다. 그러면서도 속으로는 나를 혼자 내버려두지 않는 누군가가 있었으면 했다. 절친이나 애인, 몰두할 수 있는 취미나 즐길 거리를 만들려 애쓰면서 절친이 나를 동굴에서 끌어내주길 바랐고, 애인이 새로운 세계에 데려가주길 기대했다. 때로는 영화나 책에 빠져 혼자만의 세계를 즐기는 척했지만, 그 안에는 현실세계보다 더 다양한 캐릭터와 이야기가 있었다. 그 모든 게 없을 때조차 내가 혼자인 것이 아무렇지 않은 사람이었는지는 모르겠다. 그 모든 게 없었을 때가 없었으니까.

사십 대가 되고 나서는 그럭저럭 혼자를 버티는 사람이 됐다. 하지만 버티기는 얼마 가지 않는다. 이삼일 정도는 혼자 요리하고 밥 먹고, 산책하고 운동하거나 영화 보고 책 읽으면서도 심심하지 않지만 그 이후가 되면 무료하고 허전해진다. 갑자기 스마트폰을 만지작거리며 카톡 친구 목록을 뒤적이거나 휴대폰 속 통화 목록을 검색하며 대화할 상대를 찾는다.

언제부터인가 혼자 여행 가고 싶다는 생각도 안 하게 됐다. 이삼십대를 가득 채웠던 혼자만의 여행은, 내 돈 쓰고 내 시간 쓰면서 센 척하는 여정이었다. 이제는 짧은 여행을 가더라도 그때그때 감상을 나눌 수 있는 여행 파트너와 함께하는 게 더 만족스럽다.

결국 나는 고립을 두려워하고, 애써 쿨한 척하지 않고서는 혼자만의 시간을 잘 보내지도 못한다는 걸 깨달았지만 나와 약속 하나를 했다. 외롭다는 이유로 사람을 만나거나 연애하지 않기로. 그동안 외로움을 이유로 되풀이해온 관계들은 그만큼 헛헛함과 후회를 남겼다. '만나서 더러웠고 다신 보지 말자'로 남은 기억도 많다.

그러면서도 늘 핑계를 댔다. 나는 외로워서 질척대는 게 아니라 부지런히 관계를 일궈가는 중이야. 아무것도 안 하면서 징징대는 것보단 낫잖아. 하지만 그러는 동안 누군가를 만나고도 외롭다는 것, 함께 있을 때 더 외로울 수 있다는 사실을 알아버렸다.

외로움은 자연스러운 감정인데, 그걸 인정하고 받아들이는 게 왜 그렇게 힘들었을까. 외로운 사람이라는 것을 들키면 큰일 날 것처럼 꽁꽁 싸매고 안 그런 척하느라 오히려 더 많이 외로웠다.

요즘은 가끔 외로움을 느껴도 그 감정이 금방 날아간다. 풋콩 덕에 비록 일방적인 대화라고 해도 매일 무언가를 이야기하고, 이불 속에 파고들고 싶은 날이어도 매일 산책하러 나가기 때문인 것 같다. 그 덕에 날마다 다른 햇볕을 쐬고 새로운 바람을 맞고 어제와 다른 공기를 들이마시며 계절의 흐름을 온몸으로 실감한다. 그 덕에 외로움을 핑계로 사람이나 술에 기대는 일도 줄고 있다.

풋콩을 데려온 이유 중에는 외로움도 있었지만 아이러니하게도 풋콩을 통해 외로움을 감당하는 법도 배우고 있다. 타인에게 기대지 말 것, 헛된 만남에 목매지 말 것, 나라는 사람이 외로움에 특히 취약한 사람임을 알고 받아들일 것. 외롭더라도 큰일은 안 난다는 걸 깨달을 것.

그러면서도 알고 있다. 지금은 이래도 나는 또다시 외로워지리라는 걸. 하지만 더는 내가 그런 사람이라는 게 창피하지 않다. 내가 외롭다는 사실을 인정하고 나서 풋콩을 만날 수 있었으니까. 그래서 더 이상 외로움을 숨기지 않는다. 그래서 덜 외로워졌다.

귀여운 할머니는 되고 싶지 않다

정신을 차리고 보니 사십 대 중반이 돼 있다. 사십 대는 아직 젊은 나이일까 이미 늙은 나이일까. 어렸을 때 생각한 사십 대는 그저 중년 그 이상도 이하도 아니었는데, 정작 내가 이 나이가 되니 스스로 젊다고도, 늙었다고도 생각하지 않는 다. 아직 덜 늙었다고 생각한다.

가고 싶은 데를 갈 수 있고 장시간 운전할 수 있으며 놀고 싶은 만큼 놀 수 있다. 시도해보고 싶은 운동이나 문화 활동 이 생기면 배울 수 있고, 먹고 마시고 싶은 만큼 즐길 수 있 다. 그저 내가 가진 사십여 개의 숫자만으로 늙었다고 말하 기에는 이르다.

그렇다고 젊다고 여기기도 그렇다. 툭하면 몸과 마음이 지친다. 마음을 빼앗기는 대상도 점점 줄어든다. 내가 고르는 옷은 몇 년 동안 비슷한 스타일이고, 나에게 어울리는지 안 어울리는지도 모른 채 입고 다닌다. 최신 유행이라는 아이템들을 볼 때마다 고개를 갸웃거리게 되고, 요즘 인기 많다는 노래도 대부분 소음으로 들린다. 많은 사람이 열광하는 영화나 드라마에 대해서도 시큰둥하다. 하지만 이렇게 된 내가 싫지 않다.

노화에 대한 나의 미지근한 사고방식과 관계없이, 세상은 끊임없이 '늙음'에 대해 이야기한다. 지인들이 모이는 자리에 나가봐도 노화가 자주 대화 주제로 오른다. 몸이 예전 같지 않다, 감각이 떨어졌다, 구십년대생들과 소통이 안 된다 등을 한탄하며 끝에는 꼭 '나이 들어서 그래……'로 마무리되는 이야기들. 다 우리가 이 나이여서 나눌 수 있는 말들이겠지. 더 늙으면 늙고 자시고에 대해 얘기할 여유도 없겠지. 하루하루 늙는 일만으로도 힘에 부칠 테니까.

얼마 전, 동료 작가와 이야기를 나누다가 나와 성격이 다른 그에게서 공통점을 발견했다. 그는 말했다. "저는 삼십 대 때보다 사십 대인 지금이 더 좋아요. 사십 대 최고예요!" 그동안 나이 듦을 한탄하는 이야기를 주로 들어오면서 나만 다른가 싶었는데 비슷한 생각을 가진 사람을 만났다는 게 반가웠다. "그쵸! 저도 그래요!"

되돌아보면 이십 대 때, 나이에 가장 많이 신경 쓰며 살았던 것 같다. 가진 거라고는 젊음밖에 없는데 그마저 날마다 소진되는 게 실감 났다. 막상 삼십 대가 되니 나이에 대해 그다지 곱씹지 않게 되었고, 사십 대가 되니 사십 대에 누릴 수 있는 충만함과 여유가 보이기 시작했다. 그러고 내린 결론은, 이삼십 대의 나보다 사십 대의 내가 더 마음에 든다는 것이다.

일단 세상의 기준과 나를 비교하지 않게 된 게 크다. 삼십 대까지만 해도 번듯한 직장, 남들에게 선보일 만한 애인 또는 배우자, 돈은 얼마나 모았는지 등 세상이 말하는 어른의 기준과 내가 동떨어져 있다는 것을 알고 있었음에도 잔잔하게 조바심이 났다. 그 탓에 부족한 부분을 자유로운 삶, 좋아하는 일을 한다는 긍지로 채우려 했다. 남들보다 더 긴 휴가를 쓰고, 더 자주 여행을 가고, 더 많은 사람을 만나고, 이 일 저 일 옮겨 다니며 무언가를 생산하는 일에 빠져 있었지만 공허함은 그대로였다. 그 모든 걸 내가 원해서라기보다 누군가에게 보여주고 싶은 마음으로 했기 때문이고, 진짜 원하는 게 그게 맞는지도 알지 못했기 때문이다.

사십 대가 되고 나니 포기할 건 포기하게 되었다. 우선 상큼함과 발랄함을 포기했다. 아무리 과즙을 섭취해도 나에게는 과즙미가 뿜어 나오지 않으며(생각해보면, 전 생애를 통틀어 내가 상큼했던 적은 없었던 것 같다), 어느 자리에서나 발랄하게 굴며 분위기를 업시키는 능력은 잃은 지 오래다.

다양한 사람들에게 두루두루 사랑받는 일 역시 단념했다. 그보다 중요한 것은 할 말을 하는 일, 내가 원하는 행동을 취하는 일이며, 누군가가 나를 미워하거나 불편해하더라도 어쩔 수 없음을 받아들이는 것이다.

모두에게 사랑받는 일이 가능하기나 한가. 가까운 사람들에게도 자주 미움을 받는데. 더 많은 사랑과 관심을 얻기 위해 나를 누르기보다, 솔직하게 드러내며 약간의 적들을 양성하는 것도 나쁘지 않은 선택인 것 같다. 여전히 겁 많은 인간이기에 미움받을 용기를 내는 일까지는 내공을 더 쌓아야 하겠지만.

젊음과 노화에 대한 생각이 각자 다른 것처럼, 어떻게 늙고 싶은지에 대해서도 각기 다른 이상향을 가지고 있을 것이다. 요즘 '귀여운 할머니'에 대한 로망을 자주 듣는다. 나이가 들어도 젊었을 때 그랬던 것처럼 스타일에 관심을 갖고, 세상에 대한 호기심도 놓치지 않으며, 감정 표현에 솔직한, 남들 눈에도 사랑스러운 할머니가 되고 싶다는 이야기를 종종 듣는다. 나는 관심 없는데.

어렸을 때부터 귀여운 적이 없었던 나는 할머니가 되어도 귀여워질 수 없을 것 같고, 귀여워지고 싶지도 않다. 그 나이가 되어서까지 귀여움을 잃지 못하는 삶은 좀 서글프다. 차라리 조금 괴팍해지는 게 낫겠다. 젊었을 때는 남들 눈치 보느라 못 한 말들도 툭툭 던지고, 못마땅한 것들에 대해서는 큰 목소리도 내면서 남들에게는 적잖이 진상인, 본인에게는 진심인 삶을 사는 할머니가 되고 싶다.

칠팔십은 아직 까마득하게 느껴지는 나이지만 살다 보면 어느새 도달해 있을 것이다. 그때가 되면 지나온 숫자보다 눈앞에 남은 숫자가 현저히 적다는 게 몸으로 느껴질까. 그때 나는 어떤 모습으로 지내고 있을까. 어떤 것에 행복을 느끼고 울적해할까.

내 나이 일흔다섯쯤 되면(우리 아빠 나이다) 일은 안 하고 있겠지. 일하고 싶어도 일이 없어서 못 할 가능성이 크다. 책을 읽으려 해도 금세 눈이 침침해질 것이고, 티브이나 영화를 보는 일도 지금보다 내키지 않을지 모른다. 운동은커녕 숨 쉬는 것만으로도 버겁고, 얼마 걷지 못하고 앉아서 쉬어야 할 수도 있다.

그렇더라도 지금처럼 아침을 잘 차려 먹는 노인이 되고 싶다. 매일 맛있는 빵 하나와 커피 한 잔쯤은 소화할 수 있는 위를 갖고 있었으면 좋겠다. 좁은 집에 살더라도 작은 식물 몇 개는 키우고 싶다. 가끔 나를 위해 꽃을 사고 싶다. 매일 짧게라도 밖으로 나가 산책을 하고 싶다. 노동하지 않는 나에게 무언가를 생산해내지 않는다며 자책하기보다는 젊었을 때 했던 경험들을 떠올리며 유유자적 하루를 보내고 싶다.

내 곁에서 이미 떠나간 것들을 곱씹기보다 남은 것들을 소중하게 매만지며 살고 싶다. 더 늙을 일 없을 것 같은 몸이 늙어가고, 아픈 데가 점점 늘더라도 속상해하거나 좌절하지 않았으면 좋겠다. 우울해지더라도 밤새 푹 자고 일어나면 다음 날 아침엔 조금 괜찮아졌으면 좋겠다. 아니면 지금처럼 그때도, 좋아하는 음식을 먹는 일로 기분이 좀 나아지는 사람이었으면 좋겠다.

그때가 되면 풋콩은 내 곁에 없겠지……. 풋콩을 막 만났을 적에는 그걸 상상하는 것만으로도 눈물이 솟구쳤지만 언젠가부터 다른 생각이 들었다. 이다음에 풋콩이 무지개다리를 건넜을 때 후회를 최소한으로 남기는 보호자가 되기로. 그러기 위해서는 풋콩과 즐거운 추억을 최대한 많이 만들어야 할 것이고, 풋콩이 행복한 만큼 나도 행복해져야 할 것이다. 나중의 헤어짐을 상상하며 울컥하기보다 바로 지금 풋콩을 더 쓰다듬고, 칭찬하고, 같이 더 많이 놀아야 할 것이다. 우리에게 주어진 시간은 아무리 길어도 이십 년 정도일 테니.

풋콩이 떠나고 나면 아무리 긴 시간이 지나도 나는 슬플 것이며 그만큼 외로울 거다. 하지만 그 이유로 다른 반려견을 들이고 싶지는 않다. 풋콩은 내 처음이자 마지막 반려견이니까. 이따금 풋콩과의 좋았던 시절을 떠올리면서 산책할 때 마주치는 개들에게 다정하게 대하고, 가끔 간식도 나눠줄 수 있는 여유가 있었으면 좋겠다. 풋콩을 아껴주었던 사람들과 가끔씩 풋콩 이야기를 하거나 사진을 보면서 같이 울기보다 웃고 싶다.

무엇보다 내 한 몸 책임질 수 있는 노인이 되고 싶다. 적은 재산이라도, 연약한 체력이라도 스스로 먹이고, 씻기고, 돌볼 수 있는 마음을 갖고 싶다. 주변에서 벌어지는 변화들을 받아들이고, 그 상황에서 할 수 있는 일들을 하고 싶다. 하루하루 자그마한 루틴을 만들어 차근차근 달성하며 살아가고 싶다.

이렇게 쓰고 나니, 미래가 조금은 덜 두려워지는 것 같다. 큰 걸 바라지 않고 그날그날 나를 책임지며 사는 삶이면 충분하다. 귀여운 할머니 되기 따윈 됐고, 가만히 물 흐르듯 살아가고 싶다.

무례 앞에서 예의 따위

개랑 산책하다 보면 발걸음마다 댓글이 달리는 기분인데
악플도 만만치 않게 달린다. 이제껏 산책하며 들었던 이야
기들.

"어휴 무섭게 생겼다. 새카매가지고."

(이 말을 한 사람의 얼굴은, 어휴…….)

"중성화 수술을 시켰다고요? 그러다 벌 받아요. 강아지가 불
쌍하지도 않아요?"

(이전에 한 말은 "강아지 새끼 낳으면 나 한 마리 주세요".)

"개가 그렇게 좋아요? 갖다 버릴 수 없겠네?"

(처음으로 갖다 버리고 싶은 사람을 만났다.)

"개 비싸 보이네. 얼마에 샀어요?"

(그러는 당신은 아득한 0원으로 회귀하고 싶나요?)

"아주 그냥 개 팔자가 상팔자네."

(네, 상팔자예요. 근데 뭐. 왜.)

모르는 사람이 개랑 걸어가는 내게 큰 소리로 개가 싫다고 말한 적도 있었고, 개 키우는 사람의 무개념한 행동에 대해 잔소리를 늘어놓은 사람도 있었다. 일부러 들으라는 듯 크게 울분을 토해내는 사람을 만나면 이전에는 자리를 피하거나 못 들은 척했다. 내가 안 들은 걸로 치면 없던 일이 될 것 같았고, 개 앞에서 흥분한 모습을 보이기도 싫었다. 이제는 그러지 않는다.

하루는 집 앞 공원을 산책하고 있는데, 벤치에 앉은 사람이 공원에서 반려견 배변 처리를 제대로 안 하는 사람들에 대해 욕을 하기 시작했다. "개념이 없어, 개념이. 개만 데리고 다니면 다야. 죄 똥 누고 다니고 오줌 싸고 다니는데 치우지도 않고, 왜 그러는 거야! 더러워 죽겠어!"

금방 끝날 푸념 같아 가만히 지나가려고 했지만 그는 마치 나 들으라고 하는 말이라는 듯 점점 목소리를 높였다. 더는 듣고 싶지 않아서 고개를 홱 돌려 말했다. "지금, 저 들으라고 하시는 말씀이에요?" 그러자 그는 고개를 반대쪽으로 돌린 채 한층 작아진 소리로 구시렁구시렁을 이어갔다.

또 다른 산책에서는 풋콩이 어느 주택 앞에서 천천히 냄새를 맡고 있었다. 잠시 후 집주인으로 보이는 사람이 대문 밖으로 나오더니 말했다. "여기다 똥 누고 오줌 누면 안 돼요. 청소 다 했어요." 그래서 짧게 안 눈다고 대답했지만 그는 덧붙였다. "똥오줌 누면 안 된다고요. 맨날 청소해요." 그 말에 짜증을 누르며 "안 눈다니까요" 했더니 다시 치고 나왔다. "냄새를 맡는데 뭐! 똥 누려고 그러는 거 같은데!" 결국 발끈했다. "그럼 개가 냄새를 맡지 안 맡아요?!" 예상치 못한 반격이었는지 그는 입맛을 다시며 다른 길로 휙 가버렸다.

여자 혼자 개를 데리고 다니면 갖은 수모를 다 겪는다. 개를 안고 다니면 개를 왜 안고 다니느냐고 하고, 개를 뛰게 놔두면 다리가 약해 보이는데 그렇게 내버려 둬도 되느냐고 한다. 옷을 입히면 개한테 무슨 옷이냐고 하고, 옷을 안 입히면 추운데 옷도 안 입혔느냐고 한다. 간식을 주면 살찐다고 하고, 간식을 안 주면 먹을 것도 안 주고 너무한다고 한다. 그 외에도 유쾌하지 않은 오지랖을 여러 번 마주하면서 '만약 내가 남자였어도 저렇게 대했을까? 이렇게 무례하게 굴었을까?'라는 생각을 여러 번 했다. 그저 여자인 내가 만만

해서, 낮에 일도 안 하고 개나 끌고 다니는 사람 같아 얄미워서 뭐라도 꼬투리를 잡고 싶은 게 티 나도 너무 난다.

하지만 평소 큰소리 내는 걸 극도로 꺼렸던 나는, 소동이 일어날 것 같으면 일단 참았다. 못 들은 척하거나 자리를 피했다. 혼자 있을 때는 그래도 됐지만 풋콩의 보호자가 되고 나서는 그럴 수 없었다. 나는 풋콩을 지켜야 하는 사람이고, 산책을 방해하거나 위협을 가하는 사람에게서 우리를 보호해야 하는 사람이다.

그래서 더 이상 참지 않는다. 우리의 평화로운 산책 시간에 찬물을 끼얹는 사람이 나타나면 미지근한 물이라도 뿌린다. 가만히 지나가는 사람에게 불쾌한 말을 던지면 비슷한 반응이 나온다는 걸 보여준다. 개와 관련된 부적절한 농담이나 고나리질은 하나도 재미없고 무례한 일이라는 걸 알려주고 싶다.

얼마 전 매일 가는 공원에 들렀을 때, 청소노동자가 낙엽을 쓸고 있었다. 그의 주변으로는 이미 조그만 낙엽 무덤이 여러 개 만들어져 있었다. 풋콩은 낙엽을 좋아한다. 낙엽만 보면 걸음이 빨라져 냄새를 맡고 그 위에 쉬도 한다. 그날도 아무렇지 않게 낙엽 산에 몸을 맡긴 풋콩은 냄새를 킁킁 맡더니 쉬할 준비를 했다.

그 모습을 본 그는 "에이! 여기다 쉬하면 어떡해!" 하면서

버럭 소리를 질렀다. 큰 소리에 놀란 풋콩은 쭈뼛거리며 혀를 날름거렸고(개가 혀를 날름거리는 것은 불편함이나 두려움, 당황스러움을 표현하는 카밍 시그널이다), 나 역시 놀라 대꾸했다. "왜 소리를 지르세요?" 그러자 그는 들고 있던 나뭇가지 빗자루로 풋콩을 세차게 쓸기 시작했다.

"지금 뭐 하시는 거예요!"

"낙엽에 왜 쉬를 하냐고! (반말)"

"쉬 안 했거든요? 빗자루로 개를 쓸면 어떡해요? 다치잖아요!"

더 이상 떨리는 가슴을 단속하며 단전에서 끌어올린 호흡으로 소리를 빽 질렀더니 그는 혼잣말을 중얼거리면서 낙엽을 쓰는 척 시선을 피했다. 화가 끓어올라 손까지 덜덜 떨렸다. 영문을 모르는 풋콩은 약간 긴장을 머금다 어느새 해맑은 표정으로 나를 올려다봤다. "가자, 가." 그날은 산책하는 내내 기분이 별로였다.

하루는 산책을 마치고 집으로 돌아오던 길에 한 대형견과 보호자가 풋콩에게 다가왔다. 평소 풋콩은 큰 개를 무서워해서 대형견이 보일 때마다 산책줄을 짧게 잡아 조금 떨어진 거리에서 보게만 한다. 그런데 그 개(와 보호자)는 점점 가까이 다가왔고, 개는 풋콩의 냄새를 맡으려 자기 얼굴을 풋콩의 배 아래로 집어넣었다.

놀란 풋콩은 꼬리를 바짝 떨구고 안아달라며 점프했는데 그 모습에 큰 개는 더 흥분하며 움직였고, 결국 그 개의 다리 사이에 풋콩의 몸이 끼어버렸다. "안 돼!" 하며 풋콩을 안아 올렸더니 옆에서 산책줄을 느슨하게 잡고 있던 보호자가 말했다. "안 물어요."

나왔다. "안 물어요."

처음부터 무는 개, 안 무는 개가 정해져 있단 말인가. 설령 안 문다 해도 다른 개가 무서워하면 산책줄을 짧게 잡거나 잡아당겨 저지해야 하는 것 아닌가. 흥분한 개는 어떤 행동을 할지 모른다. 풋콩도 그럴 수 있다. 자칫 위험해질 뻔한 상황에 놀라 풋콩을 안아 올리며 말했다. "안 무는 게 중요한 게 아니구요! 이럴 땐 목줄 좀 짧게 잡아주세요!" 풋콩은 집에 도착할 때까지 내 품에서 혀를 날름거리며 떨었다.

반려견을 데리고 산책할 때마다 개에게는 아무 잘못이 없다는 사실을 깨닫는다. 잘못은 사람에게 있다. 기분 나쁜 상황에 번번이 싸우기도 버겁지만 적절히 대응하지 못하고 온 날은 속으로 더 분노가 인다. 그래서 이제는 산책할 때 무례하게 행동하는 사람이나, 이상한 소리를 크게 반복적으로 내며 풋콩을 놀라게 하는 사람, 함부로 만지거나 손발을 움직여 통행을 방해하는 사람이 나타나면 한마디만 한다. "하지 마세요."

풋콩과의 산책 횟수가 늘어가면서 절로 맷집이 생기는 기분이다. 그 덕에 풋콩과 있지 않을 때도 무례한 사람에게 더는 예의를 갖추지 않게 되었다. 매너는 매너를 아는 사람에게 필요한 것. 습관이 된 일이 아니라서 자연스러운 반응이 나오지 않더라도 해보려 한다. 그게 나를, 나에게 소중한 누군가를, 우리가 보내는 시간을 위한 책임감이기 때문이다.

책임지기 싫어서 결정하지 못한다

쇼핑을 그다지 즐기지 않게 됐다. 예전에는 계절이 바뀔 때마다 옷도 사고, 기분 전환을 위해 그릇이나 가방도 샀지만 이제는 몇 년 전에 사둔 것만 계속 쓰고 입거나, 새로 살 일이 있어도 같은 옷을 색깔만 달리해서 산다. 처음에는 꾸미는 일이나 새로운 것에 관심이 줄어든 건가 했지만 지금은 왜 그러는지 안다. 선택에 따른 후회나 고민을 책임지기 싫어서다.

무언가를 결정한다는 것은 결정 이후에 벌어질 일들도 감당하겠다는 뜻이다. 그래서 나는 좀처럼 결정하지 못한다. 가장 잘하는 것은 결정하지 않기를 결정하는 일. '아무것도 하지 말자, 그럼 책임질 일도 없잖아'라며 어영부영 지내는 게 특기다. 사고 싶은 것이 있어도 참고, 하고 싶은 것이 있어도 미루고, 버리고 싶은 게 있어도 일단 보관해두면서 대단한 인내심이라도 가진 듯 굴지만 다 책임지기 싫어서 그러는 거다.

매년 책을 한 권씩 내고 있어서 추진력 있게 움직이는 사람 같지만 일을 언제 쉬어야 할지 몰라 계속하고 있는 것이다. 내 이름이 독자들에게 잊힐 수 있다는 가능성도, 종국에는 아무도 나에게 일을 의뢰하지 않을 수 있다는 결말도, 텅 비어버릴 잔고도 스스로 책임져야 한다는 게 두렵다.

비슷한 이유로 새집에 이사 온 지 이 년 반이 지날 동안 커튼이나 블라인드를 달지 않았다. 커다란 창문에 마트에서 산 천을 대충 붙여두었다. 조만간 주문해야지, 시공업체를 알아봐야지…… 고민하다 시간만 흘려보냈다. 역시 이런 건 이사 올 때 안 하면 계속 안 하게 된다는 걸 곱씹으면서.

천만 덧댄 창문으로 이 년 반 동안 산 것도 무언가를 선택하는 일이 부담스러워서였다. 인터넷으로 검색해 업체를 고르고, 전화해서 문의하고, 견적을 내고, 패턴이나 소재를 고르고, 모르는 사람이 집에 방문해 설치하는 과정을 기다리고, 그게 어울리는지 안 어울리는지 살피고, 내가 올바른 결정을 한 건지 아닌지 확인하는 일. 그리고 나서도 후회할지 모르는 일. 그 모든 과정을 감당하기 싫어서 결정을 미루고 미뤘다.

집에 놀러 온 친구들은 없어 보이는 창문과 썰렁한 집을 둘러보며 말했다. "집 좀 꾸미지 그래?" "커튼은 안 달아?" 귀찮은 듯 "나중에"라고 말하면서도 내가 이 집에 공들이지 않을 거라는 걸 알았다. 공들이겠다는 결정을 계속 피할 거라는 것도 알고 있었다.

그러다 풋콩을 입양하기로 결정하고 나서 블라인드를 달기로 했다. 안 그래도 낯설 집에 낯선 사람이 들고 나는 게 불안감을 줄 것 같아서였다. 결심하고 나니 금방이었다. 인터넷 검색을 통해 집 가까이에 있는 시공업체를 찾아, 방문 예약을 잡았다. 며칠 후 방문한 업체의 카탈로그를 들여다보며 소재와 색깔을 체크하고 비용을 협의했다. 얼마 뒤 순식간에 블라인드가 설치되었다. 별것도 아닌 걸 이 년 반이나 망설였던 거냐. 어쨌든 수고했다, 나여.

긴 시간 고민하며 고른 블라인드는 썩 예쁘지도, 마음에 안 들지도 않았다. 다른 걸 고를 걸 그랬다며 곱씹게 되거나 잘못 선택했다며 후회하지도 않았다. 나는 블라인드가 없었을 때와 비슷하게 살고 있고, 새 블라인드 역시 원래부터 거기 있었던 것처럼 집에 자연스럽게 녹아든다.

어느새 눈과 손에 익은 블라인드지만, 가끔 이걸 달겠다고 결심한 그날의 마음만큼은 기억한다. 남들이 보면 아무것도 아닌 일일 테지만 나에게는 의미가 있었다. 잘 몰라도 해보기로 결정했다는 것. 결정한 다음엔 신속하게 움직였다는 것. 모든 걸 실행하고 나서는 후회도 미련도 갖지 않았다는 것.

앞으로도 나는 무수히 많은 선택 앞에서 망설일 것이다. 그러다 관성적으로, 선택하지 않기를 선택하고 안도할지도 모른다. 하지만 이제는 그럴 때, 이 년 반 만에 블라인드를 달겠다고 결심한 그날의 마음을 떠올려야지. 그러면 사소한 일도, 제법 큰 일도 심호흡 한번 하고 실행할 수 있을지 모른다. 두려움을 잊고, 나를 믿고, 안 해본 걸 해본 그날의 기억이 가끔 내게 기운을 줄 것 같다.

만약 이사 가게 된다면 블라인드는 두고 갈 것이다. 새집에 어울리는 새 블라인드를 스스로, 망설임 없이 고를 것이다. 한번 해봤으니까 할 수 있다. 이제는 나도 그런 거 할 줄 안다.

여긴 진짜 우리 집이야

어렸을 때부터 넉넉하지 않은 가정 형편 때문에, 나를 키운 건 가난이라는 생각이 들 때가 있다. 엄마는 늘 돈 때문에 힘들어 보였고, 부모님은 자주 다퉜고, 그걸 보고 자란 나와 언니는 부모님께 뭔가를 크게 조르거나 요구하지 않으면서 컸다. 그 영향으로 언니는 야무지게 돈을 모으고 부지런히 재테크를 해 차근차근 집을 넓혀가는 어른이 되었지만, 나는 돈에 대해 아무 생각이 없는 사람이 됐다.

돈은 원래부터 없는 거라고 생각했다. 아무리 노력해도 모이지 않는 것, 어차피 늘 가난할 거라 믿었다. 그러면서도 알았다. 경제에 대한 주도권이 없는 사람은 철들지 않는다는 것을. 지킬 것이, 아니 잃을 게 없는 사람은 한없이 해맑을 수 있다는 것을.

몇 년 전, 책 한 권이 많이 팔려 예상보다 많은 인세를 받게 되었을 때부터 갑자기 잠이 오지 않았다. 내가 부모님을 먹여 살려야 할 것 같아서였다. 아무리 머리를 굴려봐도 부모님께 충분한 생활비가 나올 구멍은 없는 것 같은데, 아직 자리를 잡지 못한 나 역시 누군가를 책임질 처지는 아닌 것 같고, 그런데도 이렇게 있을 수만은 없을 것 같고…… 뭐라 말할 수 없는 부담감이 반복되다 우울감이 찾아왔다. 통장에 찍힌, 이제까지 본 적 없는 잔고가 이제는 책임감을 가져야 한다고, 이 돈으로 가족을 건사해야 한다고 말하는 것 같았다.

이런 생각만으로 점점 부모님과 사이가 벌어졌다. 부모님은 아무것도 요구하지 않았고 나 역시 아무것도 해드리지 않았는데도 그렇게 됐다. 왜 우리 집은 계속 돈이 없나. 왜 태어나서 처음으로 돈을 벌고 나서 이런 죄책감에 시달려야 하나. 자꾸 마음이 팍팍해졌다. 평소처럼 책이 덜 팔렸다면 경험하지 않아도 되었을 감정 앞에서 매일 무릎이 꿇리는 기분이었다. 갑자기 생긴 변화로부터 도망치고 싶었다.

악몽을 자주 꿨다. 대부분 돈에 관련된 꿈이었다. 자고 일어나면 통장에 0원이 찍혀 있는 꿈, 어떤 계약이 잘못되어

전 재산을 날리는 꿈, 다시 부모님 댁에 들어가 살거나 친구 원룸에 얹혀사는 꿈. 그러다 좋아하는 이 일을 하지 못하게 되는 꿈……. 아직 벌어지지도 않은 일들과 싸우느라 매일 밤잠을 설쳤다. 수시로 머리가 멍했다.

이 문제에 대해 지속적으로 심리 상담을 받으면서, 처음으로 갖게 된 내 것을 빼앗길까 봐 두려워한다는 것을 알게 되었다. 다시금 가난해질까 봐 겁먹고 있다는 것도 깨달았다.

여전히 경제적으로 넉넉지 않은 부모님 이야기를 하며, 부담감과 책임감에 눈물을 흘리는 나에게 어느 날 선생님은 말씀하셨다. "신회 씨, 그거 신회 씨 돈이에요. 아무도 그걸 신회 씨한테서 빼앗아 갈 수 없어요." 희생을 강요한 사람은 아무도 없는데, 나는 이미 모든 걸 내어줘야 하는 사람처럼 두려움에 떨고 있었다.

그동안 내가 돈에 관심이 없었던 이유는 관심을 가질 만큼 돈이 있어본 적이 없어서였다는 걸 깨달았다. 처음으로 돈이 생기고 나니 관심은 늘었지만 어떻게 쓰면 좋을지, 또 어떻게 불리거나 모으면 되는지 전혀 알지 못했다. 그저 예금통장에 넣어두고 쳐다보지도 않았다. 그 시절 나에게 돈은 '무서운 것'이었다.

일 년 뒤, 엄마는 집을 사는 게 어떻겠느냐고 말씀하셨다.

안 그래도 불안한 직업에 주거지까지 안정적이지 않다면 맘 편히 작업을 이어갈 수 없을 것 같다며, 서울 변두리에 있는 신축 빌라 매매를 권하셨다. 생애 첫 내 집을 마련하는 일임에도 엄마가 골라준 집을 보지도 않고 계약했다. 모인 돈에 영혼까지 탈탈 털어 잔금을 치렀다.

내 명의로 된 집을 갖고 나서도 실감이 나지 않았다. 정신적으로 지쳐 있었기 때문이기도 했지만 스스로 발품을 팔아 동네를 둘러보고, 내가 살 집이라면 이러이러한 게 필요하다고 따져보며 고른 집이 아니어서 그랬던 것 같다. 아무 감흥 없이 짐을 옮기고 이사를 했다.

새집에 들어오고 나서도 이 집에 영원히 살 것 같지가 않았다. 평소처럼 이 년이 지나면 다른 데로 이사 갈 사람처럼 살았다. 집을 꾸미고 싶은 마음도 없었다. 쓰던 물건들을 대충 배치하고, 수납을 위해 저렴한 가구만 몇 개 들여놓았다. 집에 불만이 있어도 그러려니 하면서 '언젠가는 이사 가겠지' 했다.

이 년 반이 지나서야 블라인드를 달고, 풋콩을 맞아, 새로 이사 온 사람처럼 처음부터 적응했다. 그러자 같은 집에 삼 년 가까이 사는 동안 경험하지 못한 감정이 서서히 몸으로 다가왔다. 내가 고른 블라인드가 설치된 거실. 풋콩의 물건과 내 물건이 섞여 있는 방. 내가 식구로 맞은 풋콩과 함께 사는 집. 조금씩 실감이 났다. 이 집은 우리 집이다. 이 집은 내 것이다. 그러니 내가 주도권을 갖고 움직여야 한다. 불리는 것도 줄이는 것도 내 뜻대로 해야 할 일. 그러니 더는 두려워하지 말자.

집을 팔기로 했다. 여기는 내 집이라는 사실을 깨닫고 나서야 더 이상 이 집을 원하지 않는다는 걸 알게 되었다. 풋콩이 오고 나서야 나에게 어떤 집이 필요한지가 더 명확해지기도 했다. 다세대 주택이 아닌 아파트에 살고 싶고, 지금 사는 동네보다 고즈넉한 데서 살고 싶다. 단지 내에서 산책을 할 수 있었으면 좋겠고, 볕이 잘 들었으면 좋겠다. 욕실도 컸으면 좋겠어. 집 가까이에 지하철역이 있으면 좋겠지만, 없어도 산책하는 기분으로 걸을 수 있는 거리라면 좋겠네. 그 길에는 나무가 많았으면 좋겠다……

아무하고 상의하지 않고 집을 내놨다. 부동산을 돌아다니며 시세를 파악하고, 공인중개사와 대화를 나누며 받고 싶은 집값을 정했다. 이사 갈 만한 동네도 알아본다. 지인들을 만나면 사는 동네에 대한 정보를 얻는다. 낯선 동네에 갈 일이 있으면 일부러 한 시간 전쯤 도착해 구석구석 걸어본다. 마음에 드는 동네를 발견하면 부동산 앱을 뒤져 시세를 살핀다. 얼마 전까지 내가 전혀 할 줄 몰랐던 일들이다.

시기가 시기인지라 집을 보러 오겠다는 사람이 없다. 가끔 오더라도 자기 집 지키느라 내내 세차게 짖는 풋콩 때문에 분위기가 싸해진다. 부동산에서는 경기가 좋지 않으니 집값을 낮춰서 거래할 생각은 없느냐고 제안한다. 하지만 나는 기다릴 것이다. 조급해하지 않고, 그래야 할 것 같아서 그러지 않고, 가장 좋은 때가 오면 집을 팔 것이다. 집이 팔리면 새로운 집을 찾아보러 다닐 것이고, 가장 납득할 만한 곳을 골라 풋콩과 함께 이사할 것이다. 만약 이사가 어렵게 된다면, 이미 적응한 이 집에서 더 길게 살면 된다.

이제는 내 안에 누군가를 책임져야 한다는 부담감보다 모든 일을 감당해나갈 나름의 힘이 있다는 것을 깨달았다. 이 집은 나의 집이다. 내 돈은 나의 돈이다. 풋콩은 나의 가족이다. 그러니 내가 책임져야 한다. 이 사실이 더는 부담스럽거나 두렵지 않으니 이상하다. 낯설지만 기분 좋은 감각이다.

언제부터인가 통장에 0이 찍히는 꿈을 꾸지 않는다. 내 돈이 어딘가로 사라지는 꿈도 꾸지 않는다. 통장 잔고는 헐렁하지만 돈 벌 수 있는 일이 있다면 최선을 다해 일한다. 덕분에 몇 년째 써 익숙해진 침대에서 매일 밤 길고 단잠을 잔다. 내 발치에서 풋콩은 쌕쌕 숨소리를 내며 깊은 잠을 잔다. 우리는 진짜 우리 집에서 같이 살고 있다.

누구나 자기 인생에서는 주인공이다

영화 <로맨틱 홀리데이>의 주인공 아이리스(케이트 윈즐릿이 연기)는 수년째 한 남자를 잊지 못한다. 자신을 제대로 봐주지 않으며, 툭하면 차갑게 굴다가도 본인이 절실할 때는 달콤한 말을 늘어놓는 직장 동료 제스퍼와 짝사랑 같은 연애를 이어간다. 그의 감정 쓰레기통이 되기를 자처하면서.

어느 날 갑자기 그는 다른 직장 동료와의 약혼을 발표하고, 아이리스는 말할 수 없는 충격과 상심에 휩싸인다. 그를 잊기 위해 지구 반대편으로 불쑥 여행을 떠나지만, 여전히 제스퍼를 떠올리며 눈물을 쏟는다. 그런 아이리스의 모습에 새로운 동네 친구 아서는 말한다.

"영화에는 여주인공이 있고, 조연이 있어요. 당신은 여주 인공이야. 그런데 왜 자신을 조연 취급해요?"

벌써 십오 년이 된 이 영화를 연말마다 반복해서 보면서도 이 장면 앞에서 늘 가슴이 서늘해진다. 과연 나는 그렇게 살고 있나 싶어서.

각자 말 못 할 사정이 있다.

누구에게나 감정이 있다.

사는 건 다 똑같이 힘들다.

당연한 이야기들임에도, 자꾸 잊게 된다. 정신없이 살다 보면 내 사정이 제일 급하고, 나만 힘들고, 내 감정이 가장 중요하다고 여기게 된다. 그럴 때 필요한 존재가 감정 쓰레기통이다. 묵묵히 이야기를 들어주고 감정에 공감해주며 "그래, 너만큼 힘든 사람이 어디 있겠어"라고 말해주는 사람. 하지만 이때 간과하고 마는 것은 감정 쓰레기통에게도 감정이 있다는 사실이다.

감정 쓰레기통이 필요한 사람은 주변 사람들을 자기 인생의 조연으로 만드는 재주가 있다. 세상의 주인공은 나 하나여야 하는데, 상황이 그렇게 움직여주지 않으니 감정적으로나마 주인공이 되고자 한다.

그런 사람일수록 자기 이야기만 한다. 나는 이렇게 힘들어, 나는 이렇게 자랑거리가 많은 사람이야. 나에게는 이런 일이 있었어……. 여러 사람이 모인 자리에서도 본인의 이야기만 길게 늘어놓으며 중심에 서는 걸 즐기고, 남의 이야기가 이어지면 집중하지 못한다.

그들의 '자기 이야기'를 끊어가며 자신의 이야기를 시작하는 다른 사람에게는 '잘난 척하는 사람, 분위기 파악 못 하는 사람'이라는 꼬리표를 붙인다. 자신이 그런 사람이라는 건 알지 못한다.

자신의 이야기를 상대방이 잠자코 듣고 있으면 재미있어서, 흥미로워서 듣고 있는 거라 생각하고 자신의 말솜씨나 엔터테이너로서의 능력에 도취되기도 한다. 그런 행동에 대해 누군가가 지적하면 이렇게 나온다. "누가 네 얘기 하지 말래? 너도 할 말 있으면 해. 누가 가만히 있으래." 그들은 관계에서의 서열에 유난히 민감하다. 사람들을 만날 때 무의식적으로 우위를 따지며, 자신이 늘 위에 있고자 한다.

늘 주인공이고 싶은 사람들일수록 자존감이 낮다. 과장해서 드러내지 않으면 자신이 얼마나 보잘것없는 사람인지를 들킬까 봐, 일부러 큰 목소리를 낸다. 이는 비단 잘난 척으로만 드러나는 게 아니다.

가끔은 불행도 훈장이 된다. 대부분의 사람들은 남 잘된 이야기보다 남 안된 이야기에 더 공감하고 몰입한다. 그래서 주인공이 되고 싶은 사람들은 자신의 불행을 화제에 올리는 것도 즐긴다. 사람들의 안타까워하는 시선과 위로를 누리며 또 한번 주인공이 되었음에 안도한다. 어떻게 그렇게 잘 아느냐고? 내가 그렇게 살았기 때문이다.

수년 동안 일이 풀리지 않을 때, 나 역시 가까운 친구들을 감정 쓰레기통으로 대했다. 사소한 일 하나에도 벌벌 떨면서 왜 나한테만 이런 일이 생기는 거냐고 사사건건 털어놓는 일로 답답한 속을 풀었다. 묵묵히 들어주는 모습에 안도하면서 친구 역시 내 이야기에 공감하고, 나와의 대화를 즐기고 있다고 착각했다.

그런 만남을 반복한 친구에게는 피로감이 쌓였을 거다. 그럼에도 나는 그가 예민해졌다고, 사소한 것도 너그럽게 넘기지 못한다고 여겼다. 내 감정을 토로하는 데 빠져 소중한 사람들이 지쳐가는 걸 눈치채지 못했다. 이제 그들은 내 곁에 없다.

시간이 흘러 누군가가 예전의 나와 비슷한 행동을 하고 있다는 걸 느꼈을 때, 나 역시 누군가의 감정 쓰레기통이 될 수 있다는 사실을 깨달았다. 사람은 직접 감정 쓰레기통이 되어본 다음에야 감정 쓰레기통의 존재에 대해 알 수 있다.

그 후로 지나치게 자기감정을 토로하는 사람을 경계한다.

만났을 때 안부를 묻지 않거나, 묻고도 귀 기울이지 않는 사람을 경계한다. 모든 이야기에 "나도 그런데!"라며 자기 이야기로 유턴하는 사람을 경계한다. 나와 함께 있으면서도 내 소식에 귀 기울이지 않는 사람은 나에게 관심이 없는 사람, 나를 자기 인생의 조연으로 만들어버리는 사람이다. 인생에서 조연이 되어야 하는 사람은 아무도 없다.

글을 읽으며 생각나는 사람이 있을 것이다. 당신이 누군가의 감정 쓰레기통일 수도 있고, 누군가를 감정 쓰레기통으로 삼고 있었다는 사실을 깨닫게 될 수도 있다. 이것 하나만 기억하자. 내 인생의 주인공이 나인 것처럼, 그의 인생에서는 그가 주인공이라는 사실을. 모두의 인생에서 내가 주인공이 되려 하지는 않았는지, 누군가를 만나면 늘 조연 역할을 하고 있지는 않았는지도 따져보자.

내 인생의 주인공은 나 하나여야 한다. 이를 위해서는 다섯 가지 질문이 필요하다.

나는 내 인생의 주인공으로 살고 있는가?

아니라면 왜 아닌가?

나는 내 인생의 주인공으로 살고 싶은가?

그를 위해서 무엇을 해야 하는가?

실행 후 달라질 결과를 감당할 수 있는가?

이제는 '인간관계는 기브 앤드 테이크'라는 말의 의미가 새롭게 다가온다. 받은 만큼 돌려주고 준 만큼 돌려받겠다는 계산적인 마인드가 아니라 관계에서의 공정함이 필요하다는 뜻으로 읽힌다. 내 이야기를 했으면 상대방의 이야기를 듣는다. 좋은 것을 받았다면 내가 줄 수 있는 것은 무엇인지 생각한다. 이 모든 것을 계산기 두드리듯 하지 않아도 되는, 물 흐르듯 주고받기가 가능한 사람들만 곁에 남았다.

앞으로 나는 자연스럽고 기꺼운 관계만을 이어나갈 것이다. 각자의 인생에서 주인공인 사람들과 나 역시 내 인생의 주인공으로서 느슨하고 온기 있게 관계 맺으며 살고 싶다.

여행의 에너지

맘먹은 만큼 돈은 벌지 못해도, 시간만큼은 낼 수 있는 직업을 가진 덕에 그동안 여행을 많이 다녔다. 일 년에 서너 번씩 갔다. 어느새 여행은 습관이 되어 '나 = 여행 안 가면 안 되는 사람'이라는 내적 공식이 만들어졌다.

여행이 당연해지니 멋진 풍경과 낯선 시간을 누리면서도 큰 감동이 없었다. 내 방과 구조만 조금 다른 이국의 호텔 방에 종일 누워 귀국일만 기다린 적도 있다. 그저 떠나왔다는 실감을 위해 길 위에 시간과 돈을 뿌렸다.

그러나 코로나19로 전 세계 여행길이 막히면서 내 발도 묶였다. 아니, 향후 몇 년간은 해외여행을 못 할 거라는 전망을 접한 이후 자발적으로 여행을 단념했다. 단념의 의미로 풋콩을 입양한 거다.

매일 풋콩과 붙어 있었다. 산책하고, 밥 먹이고, 응가와 쉬를 치우고, 저지레를 감당하고, 훈련했다. 충만한 하루하루에 감동하며 진심으로 웃은 적도 많았지만, 내가 지금 뭔 짓을 하고 있는 건가 싶어 두 눈을 질끈 감아야 했던 순간도, 아무리 교육해도 말을 듣지 않는 풋콩의 모습에 다 때려치우고 싶었던 적도 많았다.

이제껏 누려왔던 여행의 시간들이 떠올랐다. 챙겨야 할 것은 여권하고 지갑밖에 없는, 할 일이 있어도 되지만 없어도 좋은 날들이 간절해졌다. 그럴 때마다 고개를 저어 생각을 떨쳐냈다. 어차피 못 가니까. 나에게 여행이란 '예전에 했던 일'로 추억만 가능하게 되었으니까.

그래도 견딜 수 있었다. 나뿐만이 아니라 다른 사람들도 다 못 가고 있었으니까(하하!). 가끔 친구들과 제대로 만나지도 못해 스마트폰이 뜨거워질 때까지 통화를 이어갈 때면 다들 비슷한 이야길 했다. 우리 언제 여행 갈 수 있을까? 오 년 뒤? 에이, 아닐걸. 아님 십 년 뒤? 이어지는 깊은 한숨……

새로운 하루가 밝아도 풋콩의 응가를 치우고, 밥을 먹이고, 간식을 챙겨주고, 생활 교육을 반복하고, 혼내고, 산책하면서 가지 못할 여행을 떠올렸다. 그러면서도 나는 여행을 가는 대신 개를 돌보기로 결정한 사람이니까 그만 징징대야 한다고 믿었다. 하고 싶은 것을 단념하고, 해야만 하는 일을 하는 것이 책임감이라고 생각했다. 그러면서도 책임감이란 무엇인가, 대체 무엇이길래 나를 이렇게 마님이 선사하는 밥때만 기다리는 돌쇠처럼 일만 하게 만드는 것인가 원망스러웠다.

아무것도 알 리 없는 풋콩은 날이 갈수록 씩씩해졌고 장난기가 늘었다. 하루 한 시간이던 산책이 두 시간 반이 됐고, 자기주장도 강해져 이걸 해달라 저걸 내놓으라 틈만 나면 짖고 낑낑거렸다.

"풋콩이 저희 집에 맡기고 대청소라도 하지 않으실래요?"

하루는 이전에 풋콩을 임시보호하셨던 분이 물었다. 네? 풋콩이를 맡, 기, 라, 구, 요? 그게 가능한 일인가 싶어 놀란 가슴을 진정시키며 되물었더니 그분은[앞으로 '(풋콩의) 구엄마'라고 부르겠다] 말씀하셨다.

"저도 남편도 풋콩이가 너무 보고 싶어서요. 애들도 매일 풋콩이 언제 만날 수 있냐고 노래를 하구요. 늘 여쭤보고 싶었는데 행여 불편해하실 수도 있을 것 같아 망설였어요. 그런데 용기 내서 연락드려요. 만약 괜찮다면 저희 집에 며칠 풋콩이 맡기고 집안 대청소라도 하시면 어떨까요? 제가 잘 데리고 있을게요.”

대, 청, 소요? 너무 하기 싫은데 너무 하고 싶네요? ‘만약 괜찮으시면’이라뇨. 당연히 괜찮죠! 오히려 내 쪽에서 폐가 되지 않을까 신경 쓰였지만, 구엄마는 흔쾌히 내게 휴가를 주고 싶어 했다.

그렇게 갑자기 나타난 천사(활동명 ‘구엄마’) 덕분에 팔 개월 만에 사흘간의 육견 휴가를 얻게 되었다. 풋콩을 보낼 날짜가 정해지고 나서 구엄마는 이야기했다. “애들이 풋콩이 오는 날 기다리면서, 달력에 하루하루 가위표를 치고 있어요!” 나 역시 말하고 싶었지만 입을 다물었다. ‘찌찌뽕! 저야말로 달력이 마르고 닳도록 가위표를 치고 있다구요!’

“나랑 여행 갈래?”

날짜가 정해지자마자 ㄹ에게 연락했다. 나의 동네 친구이자 여행 메이트 ㄹ과는 그동안 참 많이도 같이 여행을 다녔다. 그러나 풋콩이 오고 나서부터 ㄹ은 나에게 여행 가고 싶다는 말도, 이제 같이 여행할 수 없는 거냐는 질문도 하지 않았다.

하지만 알고 있었다. 풋콩을 데려오면서 내가 여행을 포기했던 것처럼, ㄹ도 나와의 여행을 단념했다는 것을. 그렇게 마음먹었으면서도 아쉬운 마음은 어쩔 수 없어 허전해한다는 것도 알았다. 만약 단 하루라도 시간이 난다면, ㄹ과 함께 어디든 가고 싶었다. 나는 아직 변하지 않았어, 우리는 여전히 같이 여행할 수 있어,를 보여주고 싶었다.

ㄹ은 난데없는 제안에 내내 믿을 수 없다는 반응을 보이면서도, 특유의 순발력을 발휘해 가볼 만한 곳을 리스트업했다. 여러 번의 협의를 거쳐 우리는 2박3일간 제주도 여행을 하기로 했다.

떠나기 전날, 새벽까지 풋콩의 짐을 챙기고, 구엄마에게 전할 메모를 적고, 오랜만에 내 여행 짐을 쌌다. 작은 배낭안에 이틀 동안 쓸 물건을 챙기면서도 내일이면 떠난다는 사실이 실감 나지 않았다.

다음 날, 아침 일찍 집 앞에 도착했다는 구엄마의 연락에 영문도 모르는 풋콩을 안고 뛰쳐나갔다. 잘 지내다가 와. 나도 그렇게. 풋콩은 오랜만에 만나는 구엄마 식구들을 낯설어하면서도 몸부림치거나 낑낑대는 일 없이 사뿐히 떠났다. 늘 곁에 머물던 팔 킬로짜리 묵직함이 사라진 품이 가뿐하면서도 이상했다. 구엄마는 가는 길에 문자를 보내왔다. '풋콩이 걱정 마시고, 여행 잘 다녀오세요. 힐링하고 오세요!' 대체 이분이 천사가 아니면 누가 천사란 말인가.

집을 나서기까지 남은 두 시간 동안 진짜로 대청소를 했다. 매트를 걷어 방바닥을 걸레질하고, 침대 시트를 빨고, 침구를 새것으로 갈았다. 몇 개월 동안 제대로 쓸고 닦지 못한 집 안에는 그 시간만큼 먼지가 쌓여 있었다.

기분이 이상했다. 우리 집이 이렇게 조용하다니. 내가 부산스럽게 움직이는데도 졸졸 쫓아오는 누군가가 없다니. 이렇게 시끄러운 소리를 내며 가구를 옮기는데도 그것보다 더 시끄럽게 짖는 생명체가 없다니. 차가운 적막 속에 방바닥을 닦고, 세탁기를 돌리고, 쓰레기봉투를 묶으면서 느꼈다. 나는 이제 풋콩 없이는 못 살겠구나.

두 시간 동안의 가열찬 대청소를 마치고 나니 집을 나설 시간이 됐다. 김포공항을 향하는 지하철 플랫폼에서 ㄹ을 만나기로 했다. 그런데 먼저 도착해 나를 기다리고 있는 ㄹ의 모습을 보자마자…… 갑자기 눈물이 터졌다. 눈가에 눈물을 매달고 창피함을 잊은 채 중얼거렸다. "믿기지가 않아. 우리가 이렇게 같이 여행할 수 있다는 게. 너무 설레면서도 비현실적인 거야……." 나무 벤치에 앉자마자 어이없이 훌쩍대는 나를 보며 ㄹ도 눈물을 닦았다. "아…… 왜 그래요, 언니. 아, 하지 마요 진짜. 그만……."

이틀간의 제주도 여행은 모든 게 좋았다. 제주공항에 내린 순간부터 하늘도, 풍경도, 바람도 설렜고, 맥주를 사러 들른 편의점도, 장시간 운전도, 갑자기 내린 비도 다 신기했다. 평소에는 시큰둥하게 넘기고 말았을 모든 것들을 사진으로 담는 내내 설렜다. 아, 내가 지금 여행을 하고 있구나. 진짜 여행은 이런 거였구나. 이제껏 뭐가 좋은지도 모를 만큼 너무 많이 누리고 살았네.

습관처럼 여행할 때는 이래도 흥 저래도 흥 하며 온전히 즐기지 못했던 것 같다. 그저 떠난다는 행위에 취해 여행하면서도 또 다른 여행을 떠올렸다. 어쩐지 공허한 마음에 무언가를 자꾸 사들였다. '이 물건들이 여길 추억하게 만들어 주겠지. 이런 거 안 사 가면 여행한 것 같지도 않겠지' 하며 돈 쓰고 시간 쓰는 일이 곧 여행이라 믿었다.

하지만 특별한 거라고는 하나도 하지 않은 삼 일간의 여행은 달랐다. 아무도 없을 때 삼 초 정도 마스크를 벗고 개운한 바다 공기를 들이마시던 순간. 아침에 눈을 반쯤 감은 채 조식을 먹으러 가던 길, 비 오는 날 걷던 비자나무 숲길, 제주에 사는 친구와 우연히 만나 막걸리를 홀짝거리던 밤…… 모든 시간이 사진처럼 눈 속에 남아 앨범처럼 펼쳐 보며 지낼 수 있을 것 같았다. 평소와 다르게, 삼 일 내내 이것에도 열광하고 저것에도 감탄하던 나를 보고 ㄹ은 그랬다. "아휴…… 이 언니, 짠하네."

여행에서 돌아온 후에도 매일 풋콩의 똥을 치우고 저지레를 감당하고 혼내고 훈련한다. 그런데 이상하게 화가 나지 않는다. 전에는 내 마음처럼 움직여주지 않는 풋콩을 볼 때면 짜증이 났고, 자꾸 사고 치는 모습에 버럭 하고 나서는 죄책감에 사로잡히곤 했는데, 이제는 아무리 짖고 떼 부려도 밉지가 않다. 풋콩이 잠시나마 곁에 없었던 시간 동안 풋콩의 가벼우면서도 묵직한 존재감을 깨달아서일까. 풋콩이 떠안겨준 책임감이나 의무감보다 함께하는 기쁨과 행복이 더 크다는 걸 알게 되었기 때문일까.

모든 건 우리 둘이 약간의 거리를 둔 시간 동안 깨닫게 된 것이다. 어쨌거나 변하지 않는 사실은 앞으로도 풋콩과 나는 지지고 볶더라도 함께할 거라는 것. 우리에게는 우리가 필요하다는 것. 또 다른 사실 하나가 더 있다.

남몰래 또 한 번의 구엄마 찬스를 기다리고 있다는 것.

나는 사랑을 해본 적이 없다

사랑을 넉넉히 받아 매사에 구김살 없는 사람을 볼 때마다 부러웠다. 가끔은 얄미운 마음마저 들어 '생각 없는 애, 뭐든 좋은 사람'이라며 매도한 적도 있다. 나에겐 없는 면인 데다 앞으로도 갖지 못할 장점 같아 질투가 났다.

　마음속으로 부러워하면서도 그런 사람과는 좀처럼 가까워지지 않는다. 친해질 기회가 있어도 왠지 마음이 움츠러든다. 나는 햇볕 옆에 드리워진 그늘처럼 밝은 만큼의 어둠을 품은 사람에게 끌린다. 어느 정도 꼬인 사람, 시니컬한 구석이 있는 사람, 툭하면 낯가리는 사람, 꽁꽁 감춘 순수함이 어쩔 수 없이 흘러나오는 사람. 그런 사람과 함께 있을 때 안

전하다는 느낌을 받는다. 내가 그런 사람이기 때문이다.

언제부터인가 달라지고 싶어졌다. 다정한 사람이 되고 싶었다. 거리낌 없이 사랑을 주고받는, 산뜻함을 갖고 싶었다. 그런데 방법을 잘 몰라서 연습했다. 다정해지는 연습, 사랑을 주고받는 연습을 했다. 연애야말로 그걸 충분히 연습할 기회라고 생각했지만 아니었던 것 같다. 연애하는 동안에는 마치 '애인'이라는 역할극을 하는 기분이었다. 연기도 잘 못하고 자주 덜컹거렸다.

풋콩과 적응하는 과정에서도 충분히 사랑을 주지 못했다. 잘해주는 것에만 포커스를 맞춰 하루에 네댓 번씩 산책하고, 간식을 종류별로 챙겨줄 줄만 알았지 진정한 교감이 뭔지는 알지 못했다. 과도한 산책 탓인지 초저녁만 돼도 곯아떨어지고, 다음 날 아침에 일어나자마자 '오늘의 임무들'을 헤아리며 한숨을 삼켰을 뿐이다.

풋콩이 집으로 오고 나서 삼 개월 동안 단 한 자도 쓰지 못했다. 작업방에는 아예 들어가지도 않았고 이십사 시간 풋콩을 주시하면서 움직임을 살피고, 숨소리에 귀 기울였다. 그 과정에서 풋콩의 습관이나 특징을 발견하기도 했지만 그게 사랑은 아니었던 것 같다. 나는 풋콩이를 사랑하고 싶어. 그런데 어떻게 하면 돼? 어떻게 하면 우리 둘은 서로 사랑할 수 있어? 매일 밤 그 생각을 하면서 잠을 청했다.

좀처럼 가까워지지 않는 둘 사이를 느끼던 어느 날, 문득 의문이 들었다. 풋콩은 이런 내 행동이 기분 좋을까? 나는 풋콩을 이렇게 대하면서 만족을 느끼나? 이런 일상을 평생 지속할 수 있을까? 다 아닌 것 같았다. 또 다른 역할극에 되지도 않는 시간과 노력을 들이고 있는 느낌이었다. 역할극 마니아야, 뭐야. 속으로 버럭 하게 됐다. 아직 사랑하지 않으면서 사랑하는 척하지 마. 연기하지 마! 무리 좀 하지 마!

아무리 좋은 책을 읽고 유명한 훈련 강의를 들어도 그 자료가 풋콩을 사랑하는 마음을 심어줄 수는 없다. 좋은 옷과 간식, 장난감, 비싼 사료가 풋콩을 사랑하는 마음의 징표가 될 수 없었다. 따지고 보면 그 모든 건 나를 위한 게 아니었던가. 풋콩이 나를 더 따르게 하기 위한 전략, 내 말을 잘 듣고 그대로 움직여주기를 바라는 욕심, 내 노력을 풋콩의 변화와 아프지 않은 몸으로 보상받고 싶은 심리. 아…… 이건 내가 몹시 진저리 치던 건데.

"내가 널 키우느라 얼마나 고생했는데."

양육자들이 불쑥 내뱉는 이 말을 들을 때마다 마음이 차게 식는다. 세상에 태어나고 싶어서 태어난 사람은 아무도 없다. 탄생은 선택이나 의지가 아닌 운명이다. 아이는 어느 날 문득 세상의 일원이 되어, 하루하루 제 몫을 하는 인간으로 커간다. 힘들어도 괴로워도 죽을 수는 없으니까 살기 위해 애쓴다. 따지고 보면 모든 생명이 그렇지 않나.

개도 그렇다. 개는 사람의 욕망에 의해 세상에 나와 인간의 가족이 된다. 풋콩 역시 그렇게 살다 어느 날 가족에게 버려졌고, 또 다른 가족인 나를 만났다. 그런데 내가 그동안 싸늘한 눈으로 바라보던 양육자들과 내가 뭐가 다른가. '내가 너 때문에 얼마나 고생하는데 말을 안 들어? 이렇게 부족함 없이 다 해주는데 뭐가 불만인 거야?' 풋콩은 나와 가족이 되기를 선택한 적이 없는데.

풋콩을 사랑하고 싶다고 생각만 했을 뿐, 사랑할 줄 몰랐다. 이제껏 그랬던 것처럼 꾸역꾸역 노력하고 그 대가로 사랑을 얻을 수 있을 거라 믿었다. 하지만 어쩔 수 없는 노력 덕후인 나는 이제껏 해온 것과는 다른 노력을 해보기로 하는데…… 그건 풋콩에게 마음에서 우러나오는 사랑의 말을 건네는 거였다.

풋콩을 쓰다듬고 마사지하면서 말을 거는 일부터 시작했다. "풋콩아. 사랑해. 나한테 와줘서 고마워. 너는 너무 소중한 강아지야……." 안 하던 짓을 하려니 입이 떨어지지 않아 일부러 발음을 뭉개고, 자꾸 닭살이 돋으며 몸이 경직되었다. 마음에도 없는 말을 할 때 사람의 신체에는 변화가 찾아온다. 대체 뭐 하는 짓인가. 나는 드디어 미쳐가는가…….

그런데 웃긴 것이 내가 그럴 때면 풋콩은 가만히 있다는 거였다. 어색한 표정을 짓거나 가끔 혀를 날름거리면서도 다른 데로 도망가거나 몸을 쑥 빼며 피하지 않았다. 그저 그 시간을 견뎌보겠다는 듯 버티고 앉아 있었다.

평소 인간은 개를 꽉 안는 걸로 애정을 표현하지만, 정작 개들은 포옹을 싫어한다고 한다. 포옹은 개들 사이에서는 존재하지 않는 행동이며, 자기보다 덩치가 큰 인간의 품에 강하게 안기는 것은 불편하고 때로는 압박을 당하는 듯 두려움마저 느낀다고 한다. 하지만 보호자가 포옹으로 애정을 표현할 때 개들은 견딘다. 불편하지만 보호자가 행복해하고, 좋아하는 행동이라는 걸 알기 때문에 참는다. 풋콩아, 그러니? 너도 견디고 있는 거니? 그럼 나도 견뎌볼까?

시간 날 때마다 풋콩을 쓰다듬으며, 칭찬할 거리를 쥐어짜 말을 걸었다. "우리 풋콩이 밥 잘 먹고 대단하네. 잠도 잘 자고 너무 착하네. 오늘은 배변 패드 바깥에다 응가를 안 했네, 엄청 똑똑하다. 오늘 보호자가 집에서 일했는데 많이 짖지도 않고 잘 놀더라? 진짜 대단한 강아지야. 사랑해."

매일 반복하다 보니 대사를 통째로 외운 듯 말이 술술 나왔다. 쥐어짜지 않아도 풋콩은 칭찬할 구석이 차고 넘치는 강아지였다. 어떨 때는 문질문질하며 칭찬하다 왈칵 눈물이 났다. '아니…… 내가 왜 우냐……. 정작 풋콩인 못 알아들을 수도 있는데……' 별짓을 다 한다는 생각에 얼른 눈물을 말리면서도 우는 이유를 알았다. 내가 풋콩에게 한 말은 그동안 내가 듣고 싶은 말이었기 때문이다.

나도 부모님에게 그런 말을 듣고 싶었다. 하지만 듣지 못했다. 듣지 못한 말이라 할 줄도 몰랐다. 하지만 부모님 역시 그런 말을 들은 적이 없어서 그러셨다는 걸 안다. 하지만 나는 풋콩에게 할 수 있다. 사랑으로 교육하고 훈련할 수 있다. 그렇게 사랑을 주며, 언젠가는 자연스레 사랑받는 사람이 될 수도 있다. 풋콩도 평생 사랑받는 개가 될 수 있다.

이제는 아무렇지 않게 풋콩을 쓰다듬으며 이야기한다. "풋콩아. 아이구, 예쁜 내 새끼. 사랑해. 너무 예쁜 강아지야. 너무 예뻐. 오늘도 밥도 잘 먹고 잘 놀고 그랬지? 잘 자고 내일 또 재미있게 놀자?" 이제껏 내가 낼 수 있으리라고 생각도 못 했던 목소리와 톤으로. 말도 안 되는 멜로디에 풋콩 이름을 가사로 붙인 노래를 만들어 부르기도 한다. 나랑 개만이 집에 산다는 게 얼마나 다행인지.

이제는 풋콩도 그 시간을 충분히 즐긴다. 문득 내가 손 움직임이나 말을 멈추면 왜 더 안 하느냐는 듯 앞발로 나를 톡톡 두드린다. 잠깐 하다가 멈추면 다시 두드린다. 한없이 요구하다 스르륵 잠든다. 세상모르고 잠에 빠져 코 골거나 잠꼬대하는 모습을 보면 그렇게 자랑스러울 수가 없다. 잠시 후 풋콩이 깨면 꼭 말해준다. "풋콩이 너 잠꼬대도 하고 되게 멋있더라? 자랑스럽더라?"

풋콩과 살면서 사랑이 무엇인지 조금 알게 되었다.

사랑이란 내 선택과 감정을 책임지는 것.
더 사랑받기 위해 무리하지 않는 것.
힘겹지 않은 최선을 다하는 것.
좋은 일에는 넉넉히 기뻐하고,
싫은 일, 슬픈 일은 기꺼이 감당하는 것.

사랑이 그런 거라면 나는 이제껏 사랑을 해본 적이 없다. 했다고 생각했을 뿐 진짜 해본 적은 없다. 내 생애 공식적인 첫사랑이 개라는 사실이 징그럽나? 짠한가? 어쩔 수 없다. 나는 이제라도 사랑을 할 수 있게 되었다는 게 기쁘다. 그게 풋콩이어서 만족스럽다.

풋콩은 나를 사랑하는지 어떤지 아직 모르겠다. 그러나 나는 풋콩을 사랑한다. 거기서부터 시작되는 사랑도 있다.

책임감의 다른 이름은 관대함

나는 지독한 통제광이(었)다. 루틴을 만들어 정확히 지키는 것으로 일상을 통제하고, 운동을 빼먹지 않고 식습관을 제한하며 일정한 몸무게를 유지하는 것으로 몸을 통제했다. 하기 싫은 일 앞에서 한숨을 천 번 쉬면서도 '하고 싶은 일만 하고 살 수는 없어'라며 생각도 통제했다.

　감정과 기분도 통제하려 애썼다. 그러다 보니 직관이나 감각보다 '해야만 한다'는 당위명제를 연료로 움직이게 됐다. 외로워질 땐 나약해지면 안 된다며 강한 척했고, 흐트러진 모습을 보이고 난 다음 날에는 지독한 자기혐오에 시달렸다. 누군가를 흉보고 싶거나 타인에 대한 혐오감이 들면 세상에서 제일 나쁜 사람이 된 것 같았고, 투덜대거나 싫은 소리를 내뱉는 건 아량과 지혜가 부족한 탓이라며 스스로 입을 틀어막았다. 결국 무엇 하나 제대로 느끼지 못하는 사람, 내 마음을 습관적으로 무시하는 사람이 됐다.

나아가서는 가까운 사람들까지 통제하려 들었다. 그런 게 사랑이라고 믿었다. '우리는 같이 행복해야 하잖아, 같이 잘 살아야 하잖아'라며 타인의 생각과 감정과 인생조차 내가 바꿀 수 있다고 착각했다. 인간관계에서의 여유가 사라졌고, 남의 장점보다 단점을 먼저 집어내게 되었으며, 툭하면 평가하고 재단하며 충고를 늘어놓았다. '난 당신이 마음에 들지 않으니, 내 마음에 들게 살아줬으면 좋겠어. 하지만 이 건 다 당신을 위한 거야'라고 닦달했다. 닦달할 거리가 없으면 일부러라도 만들어 못살게 굴었다. 하…… 그만 써야겠다. 쓰면서도 괴롭다.

그런 삶이 편안했을 리 없다. 수시로 노심초사했으며, 불안도 걱정도 늘 한 무더기씩 있었다. 작은 일도 크게 만들어 배로 염려하면서 긴장했고, 심적으로 안정감이 들면 외려 불안해져서 새로운 걱정거리를 만들어 다시 걱정하는 일에 몰두했다. 안 써도 될 에너지를 낭비하느라 중요한 일에는 정작 힘을 쓰지 못했다. 이를테면, 행복을 기꺼이 누리는 일.

고마운 일에 충분히 고마워하는 일. 순간에 집중하는 일. 일상은 퀘스트 같아서, 하나를 넘기면 또 다른 관문이 남아 있는 느낌이었다.

인간관계에서도 마찬가지였다. 보이지 않는 성적표가 있어서 타인에 대한 내 생각과 감정과 행동이 차곡차곡 점수 매겨지는 것 같았다. 그래서인지 가까운 사람들에게조차 솔직해지기 어려웠다. 감정을 눌러온 탓에 사소한 일에도 화가 치밀고 금세 우울해지거나 툭하면 서운한 마음이 들었다. 용기 내어 진심을 이야기하고, 싸우는 한이 있더라도 문제와 대면하거나 관계를 단단하게 만들어가는 일에 자신이 없었다.

마음의 기저에는 두려움이 있었다. 있는 그대로의 나를 드러내면 버림받을 것 같은 두려움, 결국 혼자가 될 것 같다는 두려움, 미덥지 못한 내 감정과 행동을 책임지지 못할 거라는 두려움. 정해진 대로 움직이고 아무것도 느끼지 않으면 책임질 일도 없을 것 같았다. 그러는 사이에 책임감이라는 말의 존재감은 나날이 거대해졌다. 열심히 도망치지 않으면 그 아래에 깔려 죽을 것 같았다.

"계속 괴로워하면서 살 수는 없잖아요. 이제껏 충분히 괴로웠는데, 똑같이 살 수는 없잖아요."

몇 년 전 뒤늦게 심리학 전공 학위를 취득하기 위해 학교에 다닐 때, 수업에서 들은 말이다. 심리상담사로 활동하시는 교수님은 심리 상담을 통한 변화에 회의적인 내담자들에게 그렇게 말씀하신다고 했다. 인생이 드라마틱하게 바뀌진 않는다 해도, 적어도 괴로웠던 과거나 여전히 괴로운 지금처럼 살 수는 없지 않냐며 반문하신다고 했다. 얼핏 평범한 그 말이 그날따라 가슴에 사무쳤다. 마흔을 앞둔 나이에 새로운 걸 배워보겠다며 낯선 교실에 앉아 있었던 이유도, 더는 이렇게 못 살겠으니 뭐라도 해봐야겠다는 다짐 때문이었으니까.

계획했던 공부를 마치고 이런저런 시간을 거친 뒤, 내담자가 되어 이 년간 개인 심리 상담을 받는 동안 나를 줄곧 괴롭히는 감정이 있었다. 내가 내 삶의 주인이 아닌 것 같다는 실감이었다. 나는 무엇을 두려워하고 있는가. 대체 누구에게 잘 보이기 위해 아니, 미움받지 않기 위해 전전긍긍하며 살고 있는가.

의문의 끝에는 책임감이라는 단어가 다시 등장했다. 나는 내 생각과 감정과 행동을 책임지며 살고 있는가. 책임지는 일이 두려워 얼버무리고, 숨기고, 회피하면서 지내고 있지는 않은가. 그럼으로써 무언가를 책임지지 않아도 되는 상황으로 숨어들어 안도하고 있는 것은 아닌가.

책임감에서 도망치기 위해, 책임감이 무엇인지 알아보기 위해, 더는 책임감을 두려워하지 않기 위해 몇 년을 더 보낸 지금, 그때의 나를 만난다면 말해주고 싶다.

"책임감을 생각하면 숨도 못 쉬겠지? 달아나고 싶어 미칠 것 같지? 다 됐고, 일단 좀 느긋해져봐. 실수해도 그러려니 하고, 방황하는 것 같아도 좀 기다려보고, 남에게 상처 주거나 잘못을 저지르더라도 그게 곧 너라는 사람 전체를 규정짓진 않는다는 걸 믿어봐. 늘 만회할 기회는 있다? 적어도 알려고 하거나 인정하거나 마주하는 사람에게는 말야. 그러니 도망치지만 말자구. 일단 너에게 먼저 관대해져보자구. 네가 너를 봐주지 않으면 누가 널 봐주겠니."

혼잣말을 이어가다 보니 물음표와 느낌표가 동시에 뜬다. 책임감의 또 다른 이름은 관대함이 아닐까. 나를 책임지고, 누군가를 책임지는 일은 나에게, 더 나아가 타인에게 관대해지는 일로부터 시작되는 게 아닐까. 내가 진짜 갖고 싶었던 건 책임감이 아니라 관대함이었을지도 모른다. 그저 조금 더 관대해지고 싶었을 뿐인데, 그걸 위해서는 책임감부터 가져야 한다며 또 한 번 통제 욕구를 발휘했던 거다.

요즘도 허둥대며 산다. 여전히 남들보다 겁도, 걱정도, 불안도 많아서 너그러움과 여유와는 거리가 먼 하루를 보낸다. 하지만 나에게 너그러워지는 일만큼은 포기하지 않으려 한다. 실수하고 나서 대체 왜 그랬냐고 다그치는 대신 한번 해봤으니까 다음에는 더 잘할 수 있다고 여기려 한다. 좀처럼 풀리지 않는 일 앞에서 마음이 오그라들면 일단 시간을 갖자며 문제에서 조금 거리를 둔다. 이유 없이 기분이 가라앉을 때는 체크해본다. 피곤한가? 잠을 충분히 못 잤나? 아니면 배가 고픈가? 그리고 밥을 먹는다. 일단 맛있는 걸 먹으면 어느 정도 괜찮아진다.

타인에게도 여유를 가지려 한다. 그 때문인지 예전보다 '잘 모르겠다'라는 말을 자주 하게 됐다. 세상에 정답이 어디 있어. 정답이 있더라도 내가 알 거라는 법이 어디 있어. 나에 대해서도 모르는데 타인에 대해 뭘 알겠어. 그 덕에 남의 말에 더 귀 기울이게 된다. 대답하기보다 질문하게 된다. 알고 싶고, 알아야 할 것들이 점점 늘어간다. 그럼으로써 조금씩 느긋해지고 싶다. 느슨해지고 싶다. 더 가벼워지고 싶다.

그동안 믿어왔다.

어른이란, 다 알고 늘 현명하며
실수 따윈 하지 않는 사람.
사랑이란, 나를 의심 하나 없이 아껴주고 지지해주고

열망하는 타인의 마음.

삶이란, 완벽 또는 최고를 향해

쉴 새 없이 달려가는 고행.

책임감이란, 거추장스럽고 무겁고 부담스럽기만 한 짐.

이제는 생각한다.

어른이란, 나 한 몸 감당하는 사람.

사랑이란, 누구보다 자신을 우선순위에 놓는 마음.

삶이란, 내 손을 끝까지 붙들고 가는 여정.

책임감이란, 깜냥의 일들을 기꺼이 하는 것.

이 생각과 함께

가뿐하게 어른이 됐다.

사랑받기 위해 나를 죽이는 일을 멀리하고,

삶에 대해 덜 염려하며,

책임감이라는 말을 떠올려도 더는 숨 막히지 않게 됐다.

기꺼이 감당할 수 있는 것들만

가볍게 감당하고 책임지며 사는 지금

나는 괜찮다. 잘 지내고 있다.

비로소 나를 믿을 수 있게 되었다.

가벼운 책임

1판 1쇄 발행 2021년 3월 22일
1판 2쇄 발행 2021년 4월 5일

지은이 김신회
펴낸이 김선식

경영총괄 김은영
기획편집 윤세미 크로스교정 조세현 책임마케터 박지수
마케팅본부장 이주화 마케팅1팀 최혜령, 박지수
미디어홍보본부장 정명찬 홍보팀 안지혜, 김재선, 이소영, 김은지, 박재연
뉴미디어팀 김선욱, 허지호, 염아라, 김혜원, 이수인, 임유나, 배한진, 석찬미
저작권팀 한승빈, 김재원
경영관리본부 허대우, 하미선, 박상민, 권송이, 김민아, 윤이경, 이소희, 이우철,
김재경, 최완규, 이지우, 김혜진
외부스태프 송윤형(디자인)

펴낸곳 다산북스 출판등록 2005년 12월 23일 제313-2005-00277호
주소 경기도 파주시 회동길 490
전화 02-704-1724 팩스 02-703-2219 이메일 dasanbooks@dasanbooks.com
홈페이지 www.dasanbooks.com 블로그 blog.naver.com/dasan_books
종이 아이피피(IPP) 인쇄 민언프린텍 제본 정문바인텍
ISBN 979-11-306-3605-4 03810

다산북스(DASANBOOKS)는 독자 여러분의 책에 관한 아이디어와 원고 투고를 기쁜 마음으로 기다리고 있습니다.
책 출간을 원하는 분은 다산북스 홈페이지 '원고투고'란으로 간단한 개요와 취지, 연락처 등을 보내주세요.
머뭇거리지 말고 문을 두드리세요.